少年神探夏洛克

〔俄〕米哈伊尔·扎伊采夫 著 〔俄〕安娜·果什卡 绘 吴佳雯 译

海豚出版社
DOLPHIN BOOKS
中国国际出版集团

图书在版编目（CIP）数据

少年神探夏洛克 /（俄罗斯）米哈伊尔·扎伊采夫著；（俄罗斯）安娜·果什卡绘；吴佳雯译. -- 北京：海豚出版社，2021.4

ISBN 978-7-5110-5484-5

Ⅰ.①少… Ⅱ.①米… ②安… ③吴… Ⅲ.①儿童小说－长篇小说－俄罗斯－现代 Ⅳ.①I512.84

中国版本图书馆CIP数据核字(2021)第030458号

著作权合同登记号：图字01-2020-7333

© Зайцев М., текст
© Гошко А., иллюстрации
© Издательство «Октопус»

The simplified Chinese translation rights arranged through Rightol Media（本书中文简体版权经由锐拓传媒旗下小锐取得Email:copyright@rightol.com）

少年神探夏洛克

〔俄〕米哈伊尔·扎伊采夫 著　〔俄〕安娜·果什卡 绘　吴佳雯 译

出 版 人	王　磊
策　　划	李梦黎
责任编辑	张　镛
装帧设计	杨西霞
责任印制	于浩杰　蔡　丽
法律顾问	中咨律师事务所　殷斌律师
出　　版	海豚出版社
地　　址	北京市西城区百万庄大街24号
邮　　编	100037
电　　话	010-68325006（销售）010-68996147（总编室）
印　　刷	北京科普瑞印刷有限责任公司
经　　销	新华书店及网络书店
开　　本	710mm×1000mm　1/16
印　　张	19.5
字　　数	154千字
印　　数	6000
版　　次	2021年4月第1版　2021年4月第1次印刷
标准书号	978-7-5110-5484-5
定　　价	98.00元

版权所有，侵权必究
如有缺页、倒页、脱页等印装质量问题，请拨打服务热线：010-51438155-357

目录

拿着西红柿的女士　　　3

黑胡子的提示　　　11

狩猎哥布林　　　19

侦探的秘诀　　　27

水晶之心　　　31

消失的圆顶礼帽	41
拳击运动员和绅士们	49
象棋机器	53
雪地上的足迹	61
神秘来信	69
坎特维尔的狗	75

拿着粉色康乃馨的陌生男人　107

鸽子的羽毛　119

机械人　127

烂苹果　133

热气球　141

尼斯湖之谜　151

惊喜盒子　159

送给彬格莱太太的花	167
秘密的事情	179
弹簧腿杰克	187
偷狗贼	195

菲利莫尔先生的神秘案件　　221

月亮宝石　　231

拳击手"疯牛"　　237

旧地图的奥秘　　245

有关鬼的故事　　253

猎狐	259
希腊方格	265
会说话的不在场证明	273
冠军赛	279
骗人的读心术	287
乞丐王	295

你们好呀，我叫约翰，是一只苏格兰梗。我是少年夏洛克最好的朋友。小的时候，我俩形影不离，这么说吧，夏洛克是我看着长大的。

你们当然已经猜到了，我谈论的是著名侦探夏洛克·福尔摩斯。夏洛克的成年历险记会有其他人去写，而我打算向你们介绍他的童年，以及我亲眼所见、亲耳所闻、亲身所感的事情。

我发誓我说的都是实话。更何况，我不知道该如何说谎。

忠犬约翰

拿着西红柿的女士

　　我出生于英格兰北部的皮克林小城。在好几个世纪以前，绰号为"铁手"的佩列杜尔国王在这里丢失了一枚戒指，人们很快就在一条被捉来当作午餐的狗鱼的体内找到了这枚戒指。佩列杜尔国王非常高兴，于是他下令建造了一座城市，并将其命名为"派克林"（Pickering），意思是"狗鱼的戒指"。随着时间的流逝，这座城市的名字变成了"皮克林"。我们的小城四周环绕着荒地和山谷，这里生活节奏缓慢，没有什么特别的动荡。

　　我出生后的头几个月是在斯宾塞先生家度过的，斯宾塞先生是女王陛下第四骠骑兵团的退伍军人。退伍后，斯宾塞先生定居在皮克林郊区，并且找到了一份他喜欢的工作。这位前任军官开始收集旧画。

　　斯宾塞先生是一位狂热的收藏家。他从旧货商那儿买画，与其他收藏家换画，他去参加拍卖会，还花数小时在跳蚤市场徘徊，寻找画作。他家里所有的墙壁上都挂满了画——书房里、卧室里、饭厅里，甚至玄关处也有。我喜欢其中一些画作，尤其是那些描绘狩猎或美食的图画，它们深得我心。但是，在我这只小狗看来，大多数旧画都一文不值。

我觉得《拿着西红柿的女士》也是一幅毫无用处的画作，这上面用颜料画了一位手里拿着西红柿、身上穿着旧衣服的女士。画家把这位女士画在放有胡萝卜和洋葱的餐桌旁。显然，这位女士准备用新鲜的蔬菜制作沙拉。她身旁没有什么美味的小骨头、炸肉饼、煎牛排。我觉得这幅素食画一点也不好看，不知道为什么，斯宾塞先生却引以为傲。他买下了这幅画之后，还特意把朋友们都叫到家里来赏画。

在绘画方面，斯宾塞先生特别重视他老朋友斯科特·福尔摩斯的观点，因为福尔摩斯家族与举世闻名的法国艺术家霍勒斯·韦尔内①是亲戚。对于斯宾塞先生来说，这一事实就足以让他把斯科特·福尔摩斯奉为绘画专家。

福尔摩斯一家住在城外。他们的庄园距离皮克林有16公里。斯宾塞先生特地差人去那里邀请斯科特·福尔摩斯来欣赏这位画中的女士。福尔摩斯先生很快就来了，第二天，他就和他的儿子——一个名叫夏洛克的男孩一起来到了我们家里。

我没有立刻喜欢上夏洛克，我说不上来原因。可能是因为他脸色苍白、身材瘦弱、目光深沉，在我看来似乎就是个讨人厌的灰包。

---

① 19世纪法国著名的军事题材画家。

但是在夏洛克开始和我一起玩耍之后，我对他的印象很快就改变了。

瞧，我们玩得多么开心啊！我们在房子里跑来跑去，蹦蹦跳跳，到处打滚，你追我赶，你躲我藏。我们被家具绊倒，撞到了墙，我们跌倒了又重新站起来，玩得十分尽兴。

对于我们狗来说，在幼年时期，玩耍是很重要的。斯宾塞先生很少和我一起玩，而且只有"把我的拐杖拿过来"这一个游戏。能找到夏洛克做我真正的游戏伙伴让我觉得非常幸福。可以说，这是我一生中第一次感到作为一只小狗的快乐。

但是我的幸福并没有持续多久——客人们被叫去喝茶，我们的游戏也就结束了。夏洛克坐在桌子旁，我躺在他的脚边，发起了愁：夏洛克很快就要离开了，我不能再和他一起狂奔了，我深深地叹了口气。我们相识还不到一个小时，我就已经迷上了这个细高个的小男孩。俗话说得好，人不可貌相啊！

喝完茶后，斯宾塞先生想把画作也给小福尔摩斯看看。小男孩被带到这位沙拉爱好者的肖像前。

"瞧，夏洛克，"斯宾塞先生自豪地说，"在你面前的是14世纪弗拉芒画家古别尔特·凡·艾克的杰作。"

夏洛克仔细研究了画作，然后礼貌地说道："对不起，先生，但是这幅画的绘制时间要比14世纪晚得多。"

斯宾塞先生警惕了起来。

"你为什么这么说呢？"斯宾塞先生问道。

"画作上画了西红柿，"夏洛克解释说，"西红柿产自南美，直到15世纪克里斯托弗·哥伦布探险后才出现在欧洲。西红柿长期被当成有毒的食物。人们把它作为观赏植物种在花盆里，直到17世纪下半叶才开始食用。可是，画中的女士要用西红柿做菜。由此可见，这幅画的绘制时间远远晚于14世纪。"

夏洛克渊博的学识令斯宾塞先生大为惊讶。

"小伙子，你怎么这么了解西红柿呢？"夏洛克说完后，斯宾塞先生激动地叫道。

"我从书上看来的，"男孩谦虚地回答道，"我经常读书。"

夏洛克的父亲为儿子感到骄傲，他说："夏洛克酷爱读书。他母亲想把他培养成音乐家，但我觉得他会成为科学家。"

斯宾塞先生困惑地挠了挠头。

"怎么会这样呢？我被骗了啊！原来，《拿着西红柿的女士》根本不是出自伟大的古别尔特·凡·艾克之手，而是17世纪某个不知名画家的作品！"

斯科特·福尔摩斯先生友好地拍了拍正在生闷气的收藏家的肩膀，说："别生气。向法院起诉那个骗子吧，正义总会胜利的。"

"我会这么做的！"斯宾塞先生点了点头，然后他对夏洛克说：

"小伙子，你帮我揭露了艺术的欺骗者，我该送你什么东西来感谢你呢？"

夏洛克垂下眼睛。

"先生，我不敢说。"夏洛克胆怯地回答道。

斯宾塞先生笑容满面。

"我知道了！你喜欢我收藏的杰作！别害羞，我的孩子！我很乐意把任何一幅画送给你！"

夏洛克摇了摇头。

"不，先生。与画作无关。您的收藏非常棒，但我希望您把小狗当作礼物送给我。"

谁也没料到夏洛克会想要把我带走，我自己也没料到。在这个关键时刻我很难描述自己的感受。一方面，斯宾塞先生对我很友善；另一方面，对于小狗来说，和小男孩交朋友当然比和成年人交朋友更有意思……

斯宾塞先生弯下腰，拍了拍我的耳朵。

"约翰，你是只可爱的小狗，"斯宾塞先生说，"你性情活泼，还爱奔跑，我的家对你来说不够宽敞，像你这样的小狗最好在郊外生活。你今后可以在福尔摩斯家的庄园里尽情玩耍！"

夏洛克蹲下来，看着我的眼睛。

"做我的朋友吧,约翰,"他小声地说道,"和我握握手吧……"

片刻后,我满足了他的要求。

于是绅士夏洛克和小狗之间真正的友谊就这样开始了。

黑胡子的提示

　　离皮克林 16 公里的地方有一个朴实的小村庄，名叫"霍尔姆上的哈顿"。福尔摩斯家族祖传的霍尔哈顿庄园距这个小村庄则只有 3 公里。

　　福尔摩斯家族世世代代都住在这里。这个姓氏首次在当地编年史中被提及最早可以追溯到 1219 年。关于福尔摩斯家族第一代的信息很少、很零散且模糊不清，有关这个家族的详细历史开始于玫瑰战争的英雄骑士沃尔特·福尔摩斯。他的孙子，也就是当时杰出的政治家拉尔夫·福尔摩斯回村庄附近的山上建造了一座两层楼的石屋。

　　几百年来，这栋住宅依旧保存完好。现在住在这里的是我、福尔摩斯夫妇、夏洛克以及偶尔在村子里过夜的女佣凯特。

　　花园毗邻房屋，距离房屋较远的地方是马厩和木制棚屋。花园里面有一间厢房，里面住着上了年纪的厨娘阿加塔和年迈的园丁汤姆。汤姆还负责照看马匹以及给火炉供暖，他有时候会邀请村民来帮忙，但这种事情很少发生。

我们花园里的植物已经种植了很长时间，花园看上去就像一片野生的森林。甚至还会让人联想到天然的小岛，只不过空地上多了些人工照料的小径、茁壮成长的树木和修剪整齐的草丛。

这幢带有大花园的房子被铁栅栏包围着，我和夏洛克都被禁止出门，但是我们可以在花园里随意玩耍。要是我的话，我会在花园里玩一整天，但是夏洛克喜欢读书，我不得不容忍他的这种"怪癖"。

通常，当夏洛克看书时，我就躺在他的脚边，伴着沙沙的翻书声甜蜜地打盹。当我不想睡觉的时候，就开始低声呜呜叫，从而提醒夏洛克是时候放下书本去花园玩耍了。

我是一只非常聪明的狗，很快就弄明白了什么是文学。我不喜欢冒险类的书籍，因为夏洛克对它们爱不释手。我喜欢教科书，因为夏洛克翻阅它们的速度很快，而且经常看看窗外。我和夏洛克的文学品位不一致，这当然很遗憾，但也是没办法的事……

我还有一个烦恼是音乐课。夏洛克在学习拉小提琴，他的母亲维奥莱特·福尔摩斯太太坚持让他上音乐课。老师每周来三次，每次两小时，夏洛克学得很用功。这是我一生中最悲惨的时候。我可怜的耳朵饱受乐器凄厉尖锐声音的折磨。但是我勇敢地忍了下来，我一直和我的朋友在一起，从不曾离开过他，尽管我本可以逃到花园里去。

外国音乐老师普季林先生是一个既善良又富有同情心的人。他知道我不开心,所以每次都会给我带一根美味的骨头,骨头外面还包着乐谱纸。我有了美食,就安安静静地躺在角落里。馋人的骨头让我忘记了令我心乱如麻的小提琴的声音。

在那令人难忘的一天,房子里发生了大火,我当时还是躺在角落里啃骨头,尚未察觉到燃烧的味道。等我嗅到了危险气味后,我立即跳了起来,冲出房间。

"约翰,你怎么了?!你要去哪里?"夏洛克感到十分担心。

作为回应,我急促地叫了一声,冲向通往二楼的楼梯。灵敏的鼻子带我直面危险。我迅速地跑上楼,左转。我跑到冒着烟的门前,然后开始拼命地狂叫。

福尔摩斯先生的办公室着火了。和往常一样,门是用钥匙锁着的。福尔摩斯先生十分爱惜自己的办公室,他不希望任何人在未经他允许的情况下进屋,所以他总是用钥匙把门锁住。

我拼命的大声嚎叫使得整幢房子里的人都惊慌失措了。

普季林先生和夏洛克跟着我一起跑到了二楼。没过几分钟,福尔摩斯太太和女佣凯特也过来了。耳背的厨娘阿加塔也听到了我的呼叫。甚至园丁汤姆也从花园里过来了。只有福尔摩斯先生一个人没有来。

每个人都很害怕。夏洛克赶紧去寻找父亲,普季林先生和汤姆没能成功地打开门,女人们在那里尖叫着,和我的叫声混在一起。

幸运的是，福尔摩斯先生在图书室里被找到了。小提琴新手的父亲坐在摇椅里，懒洋洋地把报纸翻得沙沙作响。福尔摩斯先生正在翻阅最新的刊物，这是普季林先生应他的要求从城市带来的。为了避免听到儿子的小提琴演奏练习，福尔摩斯先生用棉花把耳朵给堵上了，因此他暂时性地"失聪"了。

福尔摩斯先生平静地倾听了有关这场大火的消息，向儿子展示了一个真正的绅士在危急情况下正确的言行举止——他不慌不忙地放下报纸，慢慢地走到走廊里，客气地请全家人给他让路以便能走到锁着的门跟前。随后，他从口袋里拿出一把钥匙，只听见锁子咔嗒一声，门就被打开了。

原来，是办公室写字台上放着的纸张起火了。黄红色的火舌把福尔摩斯先生的会计单烧成了灰烬，火焰正在烧毁呢子桌布并且已经接近木制桌面了。

福尔摩斯先生毫不犹豫地跨过门槛，从窗台上拿了一个盛满水的大肚玻璃瓶，然后走到正在熊熊燃烧的桌子前，把水倒在了咝咝作响的火焰上。玻璃瓶中的水足以把大火扑灭。

福尔摩斯先生将空的玻璃瓶放回到窗台后，问了全家人一个问题："有人可以向我解释一下吗？为什么纸张会在上了锁的房间中起火呢？"

所有人都想了一会儿。

"是闪电击中了桌子！"女佣凯特猜测道。

福尔摩斯先生怀疑地扬了扬眉毛:"没有人听见雷声,窗玻璃完好无损,办公室里的东西没有任何损坏,窗外晴空万里,一点打雷下雨的迹象也没有。"

"窗户关紧了吗?"普季林先生问,"可以通过窗户进入办公室吗?"

福尔摩斯先生摇了摇头。

"插销是从里面把窗框关起来的,"办公室主人指着门说,"门锁的钥匙只有一把,一直在我的口袋里。"

普季林先生俯身看了看钥匙孔。

"有经验的小偷能用万能钥匙开锁,"普季林先生仔细检查了锁芯后说道,"但是,我看不到任何小偷潜入的迹象。"

"太不可思议了!"困惑的福尔摩斯太太两手举起轻轻拍了拍,"窗户是关闭着的,窗玻璃完好无损,门是锁着的,没有人进过办公室,但文件还是着火了!"

"我觉得,这里有妖魔,"厨娘阿加塔喃喃地说,"是恶魔在作怪,它们想把我们赶出家门。"

音乐老师责备地看着老厨娘。

"任何奇迹都有逻辑上的解释,"普季林先生权威地说,"邪恶力量是不存在的。"

阿加塔奶奶愤怒地皱起了眉头。

"瞧，居然有这么聪明的人，"厨娘嘟囔了起来，"聪明人，那你来告诉我们，是谁烧了文件呢？啊？……你不知道吗？……"

然后，夏洛克让所有人都震惊了！

"我知道！"他高声说完，然后迅速离开，跑到了走廊尽头。

夏洛克突然跑走了，我还没来得及跟上他，他就已经回来了，手里还拿了一本书。

夏洛克手里拿的是我最不喜欢的一本书，书里描述了一个绰号叫黑胡子的海盗在荒岛上的冒险。这本书夏洛克已经看过两遍了，每一次他都一页不落地从头看到尾。

"在这里！你们看！"夏洛克把书翻得沙沙作响，他找到了所需的段落并且开始大声朗读："黑胡子展示了自己更换过透镜的装置；这是从怀表上拆下来的两块玻璃，黑胡子把水倒在里面，然后用黏土把边缘粘起来，制造出了一个真正的取火镜。取火镜把阳光聚集在一堆干燥的苔藓上并且让它燃烧了起来。"

夏洛克砰的一声把书合上，扫了一眼办公室里的每个人。大人们困惑不解地看着夏洛克。他们没有一个人能明白夏洛克在暗示些什么。

"看这里，"夏洛克用手指指着窗户旁的玻璃瓶，"玻璃瓶在窗台上，对吗？瓶子的玻璃是凸面的，里面装满了水，你们明白吗？

就像是透镜一样！凸面玻璃和里面的水呈现出了透镜效果！透镜把太阳光线聚成一束照在桌面上，最后，纸张就烧起来了！"

第一个反应过来的是普季林先生。

"太棒了，小福尔摩斯！"音乐老师拍起手来，"最重要的是，没有什么玄虚的东西！这一切都符合物理学定律！"

阿加塔奶奶怀疑地笑了笑——这位老妇人始终坚持自己的意见。即使福尔摩斯先生做了一次实验，他重新往玻璃瓶里倒满水，证实了的确是太阳光聚成的光束正巧照射在桌面正中央，但阿加塔奶奶依旧认为是妖魔鬼怪放的火。

就这样，黑胡子帮助夏洛克解决了上锁房间里的失火之谜。

狩猎哥布林[①]

这儿的生活平静而从容。有一些不同寻常、脱颖而出的事情会被人们记好多年。有的事情或许在大城市人看来是一件小事，但对于我们来说几乎是一场灾难。比如说，我现在将要告诉你的这些"意外"损失。

我们家里开始丢东西了——一开始是少了把银汤匙，接着福尔摩斯太太房间里的一个指甲锉不见了，又过了一天，福尔摩斯先生的袖扣也神秘消失了。当然，福尔摩斯家族中以前也丢过东西。但常常是由于疏忽而丢失了某样小东西，可从没一下子丢过三样东西，而且是接二连三地不见了。

福尔摩斯先生对消失的袖扣之谜思索了很久。他得出的结论是：将盗窃归咎于任何人都是不合理的。如果一把银汤匙和一个指甲锉

[①] 哥布林（Goblin）是西方神话故事中的一种类人生物。

还算有些许价值的话，那么落单的袖扣是一文不值的。

福尔摩斯太太与女佣凯特尝试一起找到这个指甲锉，但没有成功。园丁汤姆自告奋勇地对餐厅里所有的汤匙进行计数。厨娘因为全家人又不想听她说话而发脾气，因为她认为是酒鬼精灵偷了东西。

"是妖魔鬼怪们把酒鬼精灵给吸引来的，"阿加塔奶奶嘟哝道，"贼头贼脑的酒鬼精灵们不加选择地拿走所有东西。对它们来说，偷一把汤匙或者一粒袖扣没有任何区别，目的都是要给人类捣乱。"

阿加塔奶奶以为没人听她说话，生气地走掉了。但她没发现家里有一个人留心听了她的喃喃自语——我的朋友夏洛克翻了一阵书本，弄明白了什么是酒鬼精灵。

原来啊，酒鬼精灵是一种邪恶的矮精灵，而矮精灵也是哥布林的一个变种。简而言之，酒鬼精灵就是哥布林，只不过它身形小巧，善于耍各种肮脏的小把戏。

读完了有关酒鬼精灵和其他妖魔鬼怪的书后，夏洛克对我说：

"约翰，我们来用逻辑推理一下，"他建议道，"我们来算一算，一共有三样东西被偷了。"

我叫了一声，夏洛克拍了拍我的耳朵，继续进行逻辑推理：

"从找不到汤匙到丢失袖扣的那个时候到现在，房子里没有出现过陌生人。既没有客人，也没有外来的商人，更没有村里的工人——什么人都没有。"

我又叫了一声——"你说的都对,屋子里只有我们自己人。"

"我排除了阿加塔奶奶、女佣凯特、园丁汤姆和普季林先生的嫌疑,他们都不会做一些偷鸡摸狗的事。约翰,你同意吗?"

我又叫了一声,以此来表明我也是这样认为的。

"嫌犯可以翻窗进入房子——夏天很热,所以房间经常开窗通风。但是,约翰,你的鼻子很灵敏,要是花园里有陌生人的足迹,你肯定能感觉到。"

我嚎叫了一声——当然了,要是我的话肯定会立即发出警报的!比如,在上上个星期,我发现了一只乡村野猫爬进了我们的花园。

"约翰,现在我们来总结一下。事实证明,阿加塔奶奶是正确的,如果东西被偷了,那么小偷就是哥布林。我们根本没有其他嫌疑人。"

我的朋友沉默了,他陷入了沉思。我耐心地等待着小男孩还会说些什么,最后我等到了。

"约翰,你知道吗,我觉得我们要给哥布林设个埋伏。"

夏洛克最后说的话吓得我直摇尾巴。当我得知我的朋友要在晚上伺机埋伏哥布林的时候,我毛骨悚然。

不,你可千万别觉得我是个胆小鬼!我一点也不担心自己,我担心的是夏洛克。我怀疑自己能否保护好我的朋友，使他免受邪魔的迫害。我希望他能在夜晚到来之前改变主意。我非常焦躁，以至于连晚餐都没吃完。

当夜幕降临，房子里的其他人都睡着了的时候，我和夏洛克悄悄来到走廊。为了进行夜间狩猎，我的朋友带了捞鱼网，还在口袋里放了一先令的硬币。他想用这枚硬币引诱哥布林，再用捞鱼网把它抓住。

我们踮着脚走进客厅，夏洛克把硬币放在壁炉旁的桌子上，然后我们躲在窗帘后面。大约过了一分钟，走廊里传来了脚步声。脚步声越来越近了，夏洛克镇定自若，我却吓得上牙对不上下牙。门吱吱作响，不一会儿就被打开了，客厅的门口出现了一个长得像人类的家伙……

你都不知道它有多可怕！我的心都快从嗓子眼里蹦出来了——我原本以为会看到一个小怪物，然而在我面前的是一个至少1.8米高的大家伙。黑暗使我无法清楚地看到哥布林，但是从体格上来看，他力大无穷。

"谁在这里？"哥布林用福尔摩斯先生的声音严厉地问道。

一秒钟后，我意识到这就是福尔摩斯先生。很显然，他没睡着，他听到客厅里有可疑的声音，就过来看看。

我松了一口气——我的心从嗓子眼又回到了原来的位置。相比遇见阴间的妖魔鬼怪，我更喜欢这样的结局。同时，我非常同情夏洛克，他不得不和父亲解释一番。

听了夏洛克的话，福尔摩斯先生严厉地皱着眉头。

"儿子，你太让我失望了，"福尔摩斯先生说，"你这个年龄居然还在相信关于哥布林的无稽之谈。"

父亲说的话让小男孩感到非常难过。我对此感同身受：当他们觉得我在无理取闹时，我也总是很沮丧。

回到自己的房间后，夏洛克整晚都翻来覆去睡不着觉，他只在天亮前睡了一会儿。早上的时候，夏洛克没有去散步，而是选择待在家里。他用步数丈量了房间，从一个角落走到了另一个角落，然后对我说：

"约翰，我觉得我们应该忘记哥布林的事情，从丢失的物品这里着手。你同意吗？"

我叫了一声作为回应，说明我已经准备好了。

"约翰，你觉得汤匙、袖扣和指甲锉有什么共同之处？是什么把它们联系起来的？"

我不知道，所以我没出声。

"这些东西都有不同的用途，"夏洛克继续说，"而且它们全都是用金属制成的。汤匙是银铸的，指甲锉和袖扣是黄铜做的……"

突然，在房间里乱转的夏洛克停了下来。他猛地停在了窗前，因为阳光刺眼而微微眯了眼睛,然后大声地笑了起来!

"我明白了,约翰!这些东西都是在开了窗的房间里丢失的!银和黄铜都会在阳光下闪闪发光!一切都很简单啊!东西不是被小偷偷走的,而是……"

"乌鸦!"女佣凯特声嘶力竭的叫声从餐厅传来。她大声尖叫着,整个房子里的人都听到了她的号叫。

凯特摆好了桌子准备用餐,她在桌布上放了刀叉、汤匙,但没有注意到一只乌鸦从敞开着的窗户里飞了进来。这只鸟俯冲而下,用喙叼了一把发亮的叉子,然后——消失得无影无踪!

众所周知,乌鸦对闪闪发亮的东西情有独钟,而且它们十分狡猾又好偷窃。夏洛克在听到女佣拼命喊叫的前一刻想到了这件事。他非常聪明,可以揭露乌鸦的偷盗行为,但是——唉——他没来得及和家人们分享自己的这一发现。

真可惜,但这也是无可奈何的事。俗话说得好,"打完架用不着再挥拳头(事情已成定局,无须再费心思)"。

侦探的秘诀

我之前已经说过了，普季林先生每次来我们家都会给我带一根美味的骨头。通常我会和夏洛克一起去迎接他，然后我就能立马得到一根骨头。但是在夏洛克决定成为一名侦探的那天，我迟到了。

我跑到夏洛克练琴的门口，等到课间休息时，我大声地叫了起来。

"约翰，你又跑去村子里了吗？"夏洛克让我进了房间后问道，"你又跑出栅栏了吗？"

我低声呜咽。否认是毫无意义的，夏洛克把我给看透了。

"你是怎么知道约翰去过村子呢？"普季林先生问，"你说得很自信，就好像已经被证实了一样。万一它只不过是在花园里玩了一会儿或者在某个角落里睡了一会儿呢？"

多么友好善良的人啊！他替可怜的小狗辩护，还从口袋里掏出了一根美味的骨头。

"请您看看约翰后面的爪子，"小男孩很乐意解释，"上面有干透了的新鲜污泥。通往村子的路上，有一个很宽的水坑，约翰在跳过水坑的时候，把爪子弄湿了。脏爪子虽然干了，但污泥仍然清晰可见。"

是的——我不自量力地急着跳过水坑。俗话说得好，"凡事不可操之过急"。

"你是一个非常细心的男孩！"普季林先生赞扬了我的朋友。

"谢谢！"夏洛克不好意思地说道。当别人称赞他时，他总是很害羞。

"告诉我，夏洛克，你长大后想做什么？"普季林先生问道。

"我还没有考虑过这件事……"夏洛克说。

普季林先生点了点头，说了句话，这句话决定了我朋友夏洛克·福尔摩斯未来的整个人生：

"我不能保证你能成为一名伟大的小提琴家，但我敢肯定，你可以成为一名出色的侦探！你有侦查的天赋，一定要让这种天赋发挥出来！"

我好高兴啊！侦探学习——这可不是让你把小提琴拉得吱吱

响！侦探们必须快速奔跑，在黑暗的角落里四处搜寻，还要能探听一切。也就是说，从事我最爱的事情！现在，我们即将跑遍四周，跑遍地下室和阁楼——这就是我和夏洛克对我们美好未来的想象。

"怎么发挥呢？"夏洛克问怎么发挥他独特的才能。

普季林先生的回答让我感到很失望。和我的期望相反，他没有谈到地下室和阁楼。

"对侦探来说，最重要的是机敏，"普季林先生回答说，"我的弟弟伊万·德米特里耶维奇·普季林是这么认为的。他现在在圣彼得堡侦缉队任职。伊万被称为俄罗斯帝国的最佳侦探。从孩提时代起，他就发挥了自己的聪明才智。"

通常情况下，小提琴课结束后，我和夏洛克会在花园里玩耍。有时候我想知道：如果不是普季林先生的话，夏洛克会为自己选择一个什么样的职业呢？我在脑海中逐一回想着人类不同的职业，但是仍找不到答案。尽管如此，及时了解你的才能并且把它发挥得淋漓尽致才是最重要的。为此，我觉得，需要听老师的话。他们的建议都很不错。

水晶之心

杜立德先生邀请我们共进晚餐，庆祝他的命名日。

约翰·杜立德先生是位品格高尚的兽医，而且和我同名。他和附近的所有人都是好朋友。杜立德先生在旅行中度过了自己年轻的岁月，当快要步入老年的时候，他决定在皮克林附近的一个庄园里定居。安定下来之后，杜立德先生继续从事兽医工作。我们这儿的每条狗都认识他。至于我嘛，我还是小狗的时候就已经认识他了——这位医生把我的尾巴剪断了。

下午1点整，福尔摩斯夫妇带着他们的儿子和我坐上了马车。老汤姆吆喝着赶车，我们一行人出发去做客了。

杜立德先生的庄园和我们的庄园在很多方面都非常相似，只不过他的花园稍微小一点，房子的楼层稍微高一点。迎接了我们之后，杜立德先生与福尔摩斯先生互相握了握手，他亲吻了福尔摩斯太太的手，拍了拍夏洛克的肩膀，然后看了看我的耳朵，检查了我的咬合，按了按我的肚子，并且摸了摸我的狗毛以确保我身体健康。

我们给杜立德先生的礼物是一本皮面的大相册，上面带有描绘纯血种马的版画。这个礼物让今天的主人公既感动又高兴。他向我们表示了衷心的感谢，他告诉我们这是他今天收到的最好的礼物。当然，我相信他会对所有来宾说一样的谢词。

杜立德先生在家里专门腾了一个宽敞的房间出来，用于放置大家送来的礼物。房间里什么都有：苏格兰风笛、时髦的雨伞、马具、板球运动套装、不同长度的钓鱼竿……但是，对于在房间中间闪闪发光的大号水晶之心来说，这堆东西仅仅是这份贵重礼物的灰色背景。

这份礼物的尺寸和小牛头一般大，是用一整块水晶制成的，心形雕塑在一张单独的桌子上占据了无比荣耀的地位。走进房间的女人们对此惊叹不已，男人们则彬彬有礼地发出不屑之声；女人们对珠宝的雕琢表示赞赏，男人们则关心它的价格。从尺寸来看，这件小东西价值100多英镑。

这颗水晶之心是奥古斯都·莫兰先生送给杜立德医生的。莫兰先生非常有声望，而且既然他舍得掏钱买如此贵重的礼物，那么他一定很有钱。这位先生在客人们中间走来走去，时不时高傲地看看大家，摆足了架子。

莫兰先生带着自己的养女——一个叫艾琳的女孩来赴宴。她是一个孤儿，这件事我是偶然从来宾们的谈话中得知的。莫兰先生是她的表叔。观察了那个女孩之后，我注意到她有点儿害怕她的监护人。艾琳努力不让自己引起太多人的注意,她的举止谦虚文雅,与双胞胎兄弟威廉和哈利完全相反。

威廉和哈利这两个小男孩总是很调皮。被大人们批评两句之后,他们就安静了几分钟,没过一会儿,又开始恶作剧了。直到杜立德医生邀请客人们上桌就餐后,兄弟俩才稍微安分了一点。

女士们和先生们在指定的地方入座之后,晚宴就开始了。客人们举起酒杯,恭祝杜立德先生身体健康。杜立德先生感到非常不好意思,并衷心感谢大家对他所说的暖心之言。

我特别喜欢丰盛的宴席!整个晚餐期间,我都趴在夏洛克脚边的椅子下,听到了许多精彩的讲话。吃饱喝足后,我昏昏欲睡,以至于错过了甜点。等我醒来的时候,孩子们已经从桌子旁站了起来。

大人们留下来喝喝茶,谈论有关政治和天气的无聊话题。杜立德先生建议让孩子们去别的地方玩一玩,以免感到无聊。当然了,我也完全不反对去活动活动。我们一行人——三个男孩、一个女孩和一条狗去了走廊。

"我们玩什么呢?"艾琳问。

夏洛克耸了耸肩,威廉和哈利异口同声地提出了要玩捉迷藏的游戏。

夏洛克和艾琳都不反对:捉迷藏就捉迷藏啰。

他们决定让夏洛克找人,于是夏洛克转身面对墙壁,闭上眼睛,开始从 1 数到 100。艾琳和双胞胎跑去躲起来了。真是些天真的孩子啊，他们忘了夏洛克身边还有我在呢，我的鼻子可是很灵敏的，无论他们躲在哪里，我和夏洛克都会循着痕迹迅速找到他们！

数到 100 之后，夏洛克睁开了眼睛。我大叫一声，然后把鼻子凑到地板跟前。

"不，约翰。"夏洛克摇了摇头，"我们要诚实地进行比赛，你不能提示我。"

我的朋友根本没有朝着痕迹所引导的方向走，这使我感到沮丧，我只能垂头丧气地拖着步子跟在他后面。我为此感到十分生气，我觉得既然有机会作弊，为什么非得老老实实地找人呢，这太愚蠢了。

我不知道，如果这场比赛继续下去的话，我们的盲目搜寻会以什么方式结束。但是孩子们并没有完成比赛——捉迷藏因为一场事故提前结束了。

大人们所在的餐厅位于礼品室附近。正是因为这样，所有人都听到了那颗名贵的水晶之心掉到地板上后发出的声响。房间里全是水晶的碎片，看起来就像是炮弹碎片一样。

奇妙美好的东西瞬间变成了亮得刺眼的垃圾。水晶之心只剩下了像冰晶一样的小碎片，散落满地。

不是侦探也能猜到——这么重的东西是不可能自己掉下来的。就连小狗也清楚地知道，是其中一个小孩子犯了错。艾琳小姑娘或者是双胞胎兄弟威廉和哈利——他们中有人躲在了桌子底下,可能觉得不舒服就稍微动了动,导致桌子摇晃了几下,易碎的水晶之心就摔在了实木地板上。这个小朋友非常害怕,不假思索地逃离了房间。

房子里一片混乱。自从水晶之心摔碎以来,甚至还没有过去三分钟,所有成年人和三名小嫌疑人就聚集在了"犯罪"现场,嫌疑人中不包括我和夏洛克。

"你们自己承认吧,淘气鬼们,是谁打碎了我要送给杜立德先生的礼物?"愤怒的莫兰先生对着孩子们大吼大叫。

双胞胎兄弟七嘴八舌地开始为自己辩解。

"不是我们!"威廉开始喋喋不休地说了起来。

"我们躲在了厨房里!"哈利肯定地说。

莫兰先生问艾琳。

"说实话!"这位监护人恶狠狠地对小女孩说,"是你干的吗?!"

小女孩脸色苍白,害怕极了。

"是我干的!"夏洛克走上前,"是我打碎了水晶之心!"

夏洛克一贯能做出令人大吃一惊的事情,但这次他真的让我傻眼了。

"我们在玩游戏，"夏洛克继续说道，"我不小心碰到了桌脚，水晶之心掉了下来，我非常害怕，所以就逃走了。请原谅我的胆怯……"

莫兰先生大动肝火。

"你这个坏小孩！我要用树枝抽得你一个星期都坐不下去！"

福尔摩斯先生站了出来，为夏洛克打抱不平。

"先生，请您冷静一下，"福尔摩斯先生说道，"请您不要再对我儿子大吼大叫了！"

杜立德医生也出来制止了。

"先生们，请你们不要吵架！"他说道，"让我们忘记这颗不幸的水晶之心吧！先生们，我们回餐桌上去吧！继续庆祝吧！"

与此同时，莫兰先生脸色阴沉如云，他朝小女孩走去。

"艾琳，把手给我，我们要走了。"监护人带着养女朝门口走去。

客人纷纷让出一条道，让这位吵吵闹闹的先生过去。他没有和任何人告别就走了。

晚会草草结束了。客人们的教养不允许成年人当着孩子们的面讨论莫兰先生的行为，而其他所有的事情他们也已经说够了。在餐桌前待了一小时不到，客人们就开始散了。

回家的路上，由于没有旁人在场，福尔摩斯太太再次详细询问了自己儿子，他是如何从桌子上把这么大的水晶之心打落的。

"不是我把它碰掉的，"夏洛克如实说，"是那个女孩子打碎的。那个时候，我和约翰在房子的另一侧。我撒谎是为了从艾琳监护人的愤怒中拯救她。"

福尔摩斯太太的脸上显露出惊讶的表情，福尔摩斯先生的眉毛也由于吃惊而往上扬了扬。

"你亲眼看到是那个女孩碰掉了水晶之心吗？"妈妈询问自己的儿子。

夏洛克摇了摇头。

"没有，妈妈，是我猜的。除了她之外，没有其他人了。哈利说得没错，他们兄弟俩的确躲在厨房里，证据就是洋葱和面粉。威廉的鞋子上沾了洋葱皮，而哈利的袖子被面粉弄脏了。"

我欣喜地大叫。哇，好敏锐的眼睛啊！每个细节都观察到了！

福尔摩斯先生的眉毛垂了下来。他严肃地皱着眉头，劝说道：

"绅士不能说谎。夏洛克，你的崇高意图，无论如何都不能为你辩护……我的儿子啊，你让我处在了困境中——我应该称赞你的高尚，但也要因为你的谎言而惩罚你。说实话，我不知道该怎么办了。"

想了一秒钟后，小男孩问了一个问题：

"爸爸，如果一个绅士撒谎了，另一位绅士能以其人之道还治其人之身吗？"

"你这是什么意思？"老福尔摩斯不明白这个问题。

夏洛克试图用一个例子来解释：

"爸爸，你还记得我们用来装糖果的水晶罐子吗？你还记得我不小心打碎了它，然后它碎成了三块吗？"

"这和糖果罐有什么关系？"福尔摩斯先生皱了皱眉头。

夏洛克赶紧接着说下去：

"真正的水晶会碎成大块，而这颗水晶之心却碎成了小块。它是玻璃制成的，因此摔了个粉碎。莫兰先生撒谎了，他用玻璃冒充了水晶。"

福尔摩斯先生的眉毛又往上扬了扬。

原来是这样啊！莫兰先生想被大家视为有钱人，为此以次充好。如果水晶之心没碎的话，那么整个地区将会有一年的时间都在谈论富人莫兰的慷慨。水晶之心揭穿了这个人的诡计多端。老奸巨猾的人想要耍花招却没成功，所以他发怒了，我不敢想象，如果我朋友不干预的话，艾琳会受到什么样的惩罚啊……

从那时起，我对耍滑头和讲诚信思虑良多。我得出的结论是：

为人诚实还是更有利的,当然,有时候说谎也不为过。什么时候该怎么做,这已经不是我这条小狗该考虑的事情了。选择权在你们自己手里。

消失的圆顶礼帽

从本质上来说，我不爱出门，喜欢宅在家里，但这并不意味着我不喜欢旅行。相反，我特别爱旅行！我以前坐过手推车、轻便马车甚至轿式马车去旅行。同时，发展是不会停滞不前的，新世纪的钢马争相取代马匹，普通道路消失的日子也快要到了，取而代之的唯有铁路。

我和夏洛克非常幸运——福尔摩斯先生要带我们坐火车从皮克林前往哥特林德市，他要在那里处理一些事情。

我们采用了老式马车这种交通工具到达了皮克林。

火车上提供给了我们一个独立的包厢。包厢是一间有两张小沙发的房间，沙发彼此相对而放。包厢一侧是窗户，另一侧是通往车厢走廊的门，沙发上方是行李架。

我们的行李只有一个小的手提包，福尔摩斯先生已经把它放在了行李架上。夏洛克在窗户旁的位置上坐了下来，福尔摩斯先生坐在了儿子旁边，而我则趴在了地板上。

我们刚安顿下来，另一位乘客就走进了车厢。这是一位戴着时髦圆顶礼帽的中年男士，体形微胖。他身边有一个很大的行李箱，大到能轻松地把我装进去。

"你们好！"这位乘客礼貌地微笑说。

福尔摩斯父子俩彬彬有礼地向他点了点头作为回应。我们的旅伴毫不费力地举起自己的行李箱，把它放在了空闲的架子上。

放完行李后，他又开始说话了。

"请允许我自我介绍一下，"这位先生摘下了帽子，"我叫本杰明·巴恩斯。"

福尔摩斯父子俩不得不自报姓名。

"先生们，很高兴能与你们结伴而行，"巴恩斯先生在父子俩对面坐了下来，"愉快的陪伴可以缩短行程。"

巴恩斯先生仔细检查了圆顶礼帽，抖了抖看不见的灰尘，然后小心翼翼地把帽子放在了他旁边的位置上。

"福尔摩斯先生，您对圆顶礼帽的流行有什么看法呢？"巴恩斯问道，还没有等福尔摩斯先生回答，他就开始谈论帽子了，"请您相信我的话，圆顶礼帽戴起来比高筒帽舒服得多。圆顶礼帽不会紧贴脑门，也不会被风吹走……"

车站值班人员敲了钟。蒸汽机车发出一声长鸣，列车开动了。但是巴恩斯先生似乎没有注意到这件事。他继续侃侃而谈，并不在乎有没有人在听他说话。

"你们知道圆顶礼帽是怎么发明出来的吗？它是根据守林人的定制发明的，为的是在骑马时避免帽子被树枝刮坏。这真是个好主意，对吗？如果你们想要买圆顶礼帽的话，我推荐你们选择'鲍赫勒和儿子'这个品牌。这个品牌的圆顶礼帽虽然价格很高，但质量上乘！……"

巴恩斯枯燥无味的讲话、车轮的撞击声以及车厢有节奏的摇摆让我昏昏欲睡。果然，没过一会儿，我就睡着了，还梦见了黑色的圆顶礼帽，它们在森林里追着我，我为了摆脱它们在树林里绕来绕去。

蒸汽机车漫长又歇斯底里的鸣笛声吵醒了我。睁开眼睛后，我……我什么也没看见！真的是什么都看不见！眼前完全是一片漆黑，耳朵里传来可怕的隆隆声！声音非常大，以至于其他声音都听不到！我非常害怕，差点就晕了过去！

我的害怕全完是多余的，这只不过是火车进入了没有照明的隧道。在隧道封闭的空间中，火车车轮撞击的回响声被放大了十倍，像暴风雨一样在我的耳边隆隆作响。

当火车驶出隧道后，我们所有人都恢复了视力——片刻后，我们的同行者沮丧地大叫：

"哎哟，我的圆顶礼帽哪儿去了？"

在火车通过隧道这么短的时间内，巴恩斯先生的圆顶礼帽消失得无影无踪。

"看！"巴恩斯先生指着门，"门是开着的！我可是把门关上了的，你们记得吗？现在它是敞开着的！你们明白发生了什么吗？不明白吗？那我来告诉你们——在黑暗中，凶犯潜入了包厢，偷走了我的圆顶礼帽！我受不了了！"

巴恩斯先生紧紧抓住心口，翻了翻白眼。

"哎哟！"他用手指指了指福尔摩斯先生的头上，"手提包去哪儿了？之前上面有个手提包，现在不见了……我的行李箱呢？"

巴恩斯从位置上一跃而起，伸长脖子看了看——他的行李箱还放在原处。不像我们的手提包，它真的不见了。

巴恩斯倒在了自己的沙发上，两眼湿润。

"我宁愿自己的行李箱被偷，也不希望我的圆顶礼帽被偷，"巴恩斯呻吟起来，"先生们，必须将失物信息告知列车员啊。年轻人，如果你方便的话，请你去叫一下列车员吧。我本可以自己去一趟，但是我的腿软了。我怕我会因为心情不好而晕过去。"

夏洛克乖乖地站了起来，去找列车员了。

在夏洛克离开的这段时间里，多愁善感的巴恩斯先生自言自语地说了很多关于丢失的礼帽的事情。并且他坚定地认为，小偷已经跳下火车，当下做任何事都于事无补。

最后，期待已久的列车员终于出现在了包厢的门前。

"你们中谁是巴恩斯先生？"他问道。

"我是！"我们的同行者应道。

列车员礼貌地说：

"劳驾，先生，请打开您的行李箱。"

"你怎么敢这么做！"巴恩斯很生气，"为什么要我打开行李箱？"

乘客的愤怒并没有让列车员感到窘迫。

"先生，现在怀疑丢失的手提包在您的行李箱里。您能自证清白的话，我就不去报警了。"

巴恩斯断然拒绝了列车员的要求。他愤怒地大骂并扬言要起诉列车员。到了哥特林德后，巴恩斯想要逃跑，他像橄榄球运动员一样，冲向车厢出口。但是一记漂亮的勾拳击中了他的颌骨。巴恩斯万万没想到面前的列车员是个不折不扣的拳击手，真是太惨了。

行李箱被打开了——里面装着福尔摩斯先生的手提包和巴恩斯先生的圆顶礼帽。列车员的怀疑得到了证实。

其实，夏洛克去找列车员说完盗窃案后，又向他表明了自己的猜测。夏洛克看到巴恩斯快速轻松地把巨大的行李箱扔到了顶层架子上，所以他觉得巴恩斯的行李箱是空的。铁路工作人员和我那位善于观察的朋友交谈后，怀疑巴恩斯先生存在欺诈行为。列车员在铁路上工作了很长时间，而且多次碰到过各种各样的欺诈行为，其中就包括巴恩斯所耍的把戏。

后来，巴恩斯交代了自己的作案经过。当火车驶入隧道后，一片漆黑，伴随着震耳欲聋的轰隆声，巴恩斯从沙发上站起来，首先打开了自己的行李箱，然后摸索到了福尔摩斯先生的手提包，最后把它和圆顶礼帽一起藏在了空箱子里。合上行李箱之后，巴恩斯打开了包厢门。这个骗子身手敏捷地在一分钟之内就完成了这一系列动作。

"如果不做盗窃这一行的话，凭他的天赋，他可以去做演员，"列车员说，"如果去马戏团工作的话，那他就失去价值了。"

你们瞧，这一切多成功啊：列车员在夏洛克的帮助下揭穿了骗子，而夏洛克在列车员的帮助下解开了谜团。

拳击运动员和绅士们

根据我的故事，恐怕你们对夏洛克的认识还不太完全正确——显得太严肃了。但实际上，夏洛克是一个很爱开玩笑的人。他话语不多，但是如果他说笑话，那么所有人都会发笑。现在，我来给你们讲一个他的笑话。

有一次，夏洛克让福尔摩斯先生给他展示两三个英式拳击的招式。老福尔摩斯打量了儿子那瘦高的体形，然后说道：

"你现在学拳击还为时过早。"

夏洛克对此表示异议：

"爸爸，我觉得我的身体已经发育好了，可以学拳击了。"

"在拳击运动中，身体发育不是最主要的，"父亲回答说，"在上个世纪，剑术老师将击剑的技术和战术与拳击的招数相结合，从此之后，这种民间的普通斗殴形式就变成了一种高贵艺术。如今，有几家风格不同的拳击学校在搏斗指导方面比较出名。绅士们偏爱所谓的'科学拳击'，这是技巧水平最高的拳击。绅士们首先要学习的是保护自己免受侵害，我把绅士们的拳击比作下象棋，其中最主要的是学会猜测对手的想法。夏洛克，你年纪还小，不能学习这项运动。你先学下象棋，然后过5年左右，我再教你打拳击。"

我的朋友调皮地看着父亲，大胆地说：

"先生，我早就学会如何揣测别人的想法了。我可以证明这不是空话。"

为了证实这件事，夏洛克准备了两张纸和两支铅笔。福尔摩斯太太担任独立仲裁员。

"先生，请您在纸上随便写一个数字，"夏洛克说道，"我会弄清楚您的想法，然后在我自己的纸上写下同样的数字。"

小男孩闭上了眼睛。福尔摩斯先生用手遮住了自己的纸，然后在上面写了几个数字。

"写完了！"福尔摩斯先生把纸交给了他的妻子。

夏洛克睁开眼睛，迅速在另一张纸上写下了他的数字，然后也交给了福尔摩斯太太。

福尔摩斯太太首先大声朗读了她丈夫写的东西：

"1044。"

然后她看了看儿子的纸。

"夏洛克写了'同样的数字'!"福尔摩斯太太笑着说。

福尔摩斯先生的眉毛向上扬了扬。

"一模一样吗?"他问道,"也就是说夏洛克猜到了我的数字?"

福尔摩斯太太笑了,夏洛克也笑了,他们给父亲看了看儿子写的纸条——福尔摩斯先生忍不住大笑了起来。夏洛克在纸上写了大大的五个字:"同样的数字"。

遗憾的是,这个笑话没能帮到夏洛克。福尔摩斯先生仍然没有开始教他的儿子打拳击。他说了同样的话:

"对你来说,现在学拳击还太早,等你再长大一些,变得更加聪明一点才能学。"

但是如果夏洛克想做什么的话,那他一定可以做到。小男孩说服了老汤姆给他展示一些拳击的招数。

老园丁完全不懂绅士的"科学拳击"。他精通爱尔兰拳击招数,这和经典的英式拳击大不相同。爱尔兰的拳击运动员并不十分在意脸部的防护。无论是自己的脸还是对手的脸,他们都不放在心上。

象棋机器

每年秋天在皮克林举行的集市都会吸引附近各地的人们前来参加。集市既有趣又快活。人们不仅能在这里交易东西，还能开展各项娱乐活动。每个人都可以在这里找到他们喜欢的东西，而且这里的选择数不胜数。

和往常一样，福尔摩斯一家人全体出动，一起去赶集。福尔摩斯太太带着女佣凯特来帮她买东西，而夏洛克为了随时可以和别人分享集市上的见闻，所以他一定会带着我。

福尔摩斯的第一个案件已经被编排成戏剧，街头艺人每年都会表演这部戏。今年他们表演了莎士比亚的戏剧《维洛那二绅士》，我认为这部剧很无聊，整部剧中唯一的亮点是主人对狗的独白。当主人说道他准备好替心爱的狗狗挨打时，我甚至流下了眼泪。

演出结束后，一家人分头行动：福尔摩斯太太和女佣去看衣服，而我们这几位男士则决定先吃点东西垫垫肚子。我们跟在福尔摩斯先生身后，加入了赶集大军。我的眼睛因为看多了人类的脚而有些眼花缭乱，鼻子也由于嗅到了过多丰富的气味而痒得难受，就连耳朵里也因为听多了人类的喧闹而轰轰作响。我为了尽量不在人群中走丢，还要时刻注意，以防有人不小心踩到我的爪子。

我们在找地方吃东西的时候，不知不觉地走到了一个帐篷跟前，帐篷附近有个摊主在对自己的产品大肆宣传：

"世界首次！设计思想上的突破！工程师赛勒斯·史密斯设计的最新款象棋机器！击败象棋机器的任何人都将获得100英镑作为奖励！来发财吧！"

我的鼻子已经闻到了用木炭烤的香肠的味道，但是福尔摩斯先生毫不犹豫地朝帐篷走去。他完全无法绕开这样令人叫好的表演，就像我看到一碗新鲜的内脏也压根无法走动一样。

老福尔摩斯自认为是象棋行家。他特别喜欢解决定期发表在《象棋手大事记》杂志上的象棋问题，这是关于象棋的最古老、最权威的英文出版物。奇怪的是，夏洛克对象棋并不感兴趣。黑白板上的棋子之争无法吸引到他。

"我想和您的象棋机玩一局。"福尔摩斯先生一边说，一边走向了摊主。

"跟象棋机下一盘棋需要5先令，"摊主谄媚地鞠了一躬说道，"先生，只要5先令！用5先令赢得100英镑，这笔交易可不亏啊，先生！"

"象棋大师"福尔摩斯以王室的姿态把5枚闪闪发光的硬币交给摊主。付完钱后,我们进入了帐篷,在那里迎接我们的是一个胡子拉碴、邋里邋遢的人。

"请允许我自我介绍一下,"这位大胡子男人伸展伸展肩膀说道,"我是象棋机操作员,冯·斯陶泽教授。"

大胡子教授走到一边,随之我们看到了一台象棋机。

这是一个大的木箱子,高约1/3米,长度也大概是1/3米。箱子上放着一个棋盘,棋盘后是一个人体模型,这个人形娃娃的身高和正常人类差不多高,皮肤黝黑,像个印度人。它穿着五颜六色的东方长袍,裹着头巾,人体模型制作得非常精致,一开始我还以为它是个真人。

"等一下,"冯·斯陶泽走向这台神奇的机器,"我得启动它。"

大胡子打开了箱子侧边的小门,然后我们看到了齿轮。机器内部的齿轮结构错综复杂。在它们之间有卷成螺旋形的弹簧,晃动的摆锤,突出的活塞,大大小小的都有,甚至还有一丁点儿大小的。

有一次,夏洛克从福尔摩斯先生的怀表上把后盖取了下来,我记得很清楚,钟表结构的复杂性令我大为震惊。但是象棋机的内部构造看起来更复杂。这没有什么可比性!

冯·斯陶泽将镀金的钥匙插入乍看上去无法察觉的孔中。经过一番努力,教授将钥匙旋转了6次,然后齿轮开始运动,机械模型也动了起来。大胡子男人赶紧把门关上,然后往后退了一步,把地方让给了福尔摩斯先生。

"您先来，先生，"冯·斯陶泽低声说道，"开始吧。"

于是福尔摩斯先生移动了白棋。

"E2，E4，"教授点了点头，"很好的开局，先生。"

假人也活动了起来，它的手用力往上一抬，然后缓缓落下，悬停在黑棋上方。随后机械手指合拢抓起黑棋，并将棋子从 E7 移动到 E5。

"象棋机下完了，"教授确定地说，"轮到您了，先生。"

福尔摩斯先生毫不犹豫地移动了马。

"马落在 F6 上，"大胡子男人评论道，"我发现您很擅长国际象棋，先生。"

假人也毫不犹豫地将 B8 上的马走到 C6。

"该您了，先生，"冯·斯陶泽教授催促福尔摩斯先生，当福尔摩斯先生下完之后，他评论说，"象放在 C4 上。先生，您的棋术真厉害！"

假人再次移动马，战斗继续。冯·斯陶泽对每一步棋都发表了评论，而且每次都不忘奉承福尔摩斯先生。在第 10 回合后，象棋机让老福尔摩斯变得愁眉苦脸，而第 12 回合后，冯·斯陶泽宣布：

"您输了，先生。您被将死了，"教授两手一摊，"但是，先生，我敢确定这只是个偶然！我建议您再比一局！我给您打个折，我只给您优惠。只要花三个先令，您就可以证明人类的思维比没有灵魂的机器更强大！"

福尔摩斯先生听完后，便伸手去掏钱。

"爸爸，不要。"夏洛克小声说道。

父亲挥手赶走儿子，就像赶走讨厌的苍蝇那样。三个重量十足的先令便落入了教授手中。开心的冯·斯陶泽再次走向象棋机，打开小门，重新启动了装置。

"唉，先生，我可能正在做件愚蠢的事，"大胡子男人轻声哭诉了起来，"我不该游说您冒险，这只不过是一件小事！一个小硬币而已！而我可能会破产。我的财富只不过掌握在一个傻瓜木偶手中，它无法思考，只能用来下下棋……"

"蛇！！！"夏洛克大喊，"看，有蛇！"

他吓得远离了箱子，用手指指着齿轮的花边说。

"看，蛇爬进了象棋机里！"

这件可怕的怪事让夏洛克脸色大变，连声音都在颤抖。

"爸爸，快离象棋机远点！"

我没有看到什么蛇，鼻子也没有闻到任何气味，但是我无条件地相信夏洛克！怎么能不相信他呢？看到夏洛克脸色苍白，目瞪口呆的样子，我吓得狗毛都立起来了！我尖叫着，朝帐篷出口飞奔过去。

操作员冯·斯陶泽也吓得赶忙从齿轮旁跳开。福尔摩斯先生回头看了看儿子，也远离棋盘向后退了退。

"是深绿色的蝮蛇！"夏洛克喊道，"被它咬一口会致命的！"

下一分钟发生了我无论如何也预料不到的事情！抽屉里传出一声巨响。机器内部的活塞和齿轮都四分五裂了。棋盘向上一抛。棋子散落在假人的背上，印度假人的头也滚到了夏洛克的脚下……

"这不是蝮蛇！我想。——这可能是一条水蟒在机器内乱窜！"

箱子的顶盖向后倾斜，把棋盘摔在了地上，一秒钟后，一个活人从象棋机里跳了出来！

一个秃头的小个子男人从箱子里跳了出来，就像鼻烟盒里的小鬼一样，他跑到侧面，一不小心倒栽在了地面上。

"有蛇咬我！"他疯狂地喊着，爬出了箱子，"深绿色的蝮蛇咬了我！快打电话叫医生！……"

"这只是您这么觉得。"夏洛克说。

所有人都转向夏洛克。

"没有蛇，我在和您开玩笑的呢。"夏洛克笑着说。

夏洛克镇定自若的脸色、他的微笑和毫无慌张的声音，是他言语的最好证明。

我回想起今天的演出。老实说，我的朋友在看到一条假蛇时惊恐万分，他所表现出的神态丝毫不亚于真正的演员！此刻夏洛克的表演天赋令我十分惊讶！以前我怎么没有注意到他有登台做演员的才能呢。

"爸爸，我们离开这里吧，"夏洛克说道，"我饿了，我们去吃点东西吧。"

福尔摩斯先生张着嘴，但什么话也说不出来。我们安安静静地走出帐篷，身后只留下一台坏了的"象棋机器"和两个傻了眼的奸诈之徒。我们一声不吭地走到卖木炭香肠的地方……

吃过午饭后，夏洛克向父亲解释了他是如何猜到箱子里有一个真人象棋手的。其实很简单：每走一步棋这位"教授"都会出声说话，这提醒了我的朋友。箱子里的象棋手看不到棋盘，只能听声音，进而在箱子里操作着假人下棋。显然，操作机器的是一位技艺高超的象棋手，他却干着诈骗的勾当，因为真正的绅士永远不会为了牟利而爬进箱子里。

雪地上的足迹

最近，我听到了一个新的词语——"题词"。题词是指在作品前由他人编撰的引文，阐明作品的本质。

我们弄清楚了什么是题词，现在我们可以直接开始讲述我们的故事了。这个故事从霜冻开始。

普季林先生说，俄罗斯的冬季气温有时会降至 –40℃。我无法想象俄罗斯人是如何在这么寒冷的冬天中生存下去的！当我们这儿的温度降到 –2℃时，我就觉得自己快要被冻死了。我整天靠着火堆，躺在壁炉旁。傍晚的时候，大雪纷飞——我在花园里待了就一分钟，就已经冷得无法用言语形容了。我整夜都蜷缩着身子。倒霉的是，在这个寒冷的夜晚，我们家被小偷光顾了。

坦白地说，我睡得太死，什么都没听到，也没嗅到任何外人的气息，这不是我的过错。错的是这严寒和过堂风。严寒迫使我夹紧了耳朵，而过堂风迫使我把鼻子藏在了爪子里。

盗贼的第一个脚印是凯特看到的。清晨，女佣看了眼餐厅，她吓了一跳——窗户框被打碎了，风呼呼地往房间里灌，餐具橱的门开着，抽屉被拉了出来。小偷把餐具橱洗劫一空，把所有的银质餐具拿得一干二净。橱里的银餐具还不少呢。你们还记得偷走了叉子和勺子的那只乌鸦吗？所以，要想偷走所有的银制餐具，只有一群鸟是不够的。

在残破窗户下的雪地上留下了盗贼的鞋印。一晚上过去了，温度略微升高，到了早晨，雪融化了，但是足迹仍清晰可见。两串脚印穿过花园，通往房屋的方向。

"屋子里有强盗！"凯特吓坏了。

女佣之所以这么认为，是因为足迹只往一个方向延伸——从花园到窗户。

你们还记得当我闻到福尔摩斯先生的办公室着火的时候，整个房子里的人有多么惊慌失措吗？这次，一家人更加迅速地跑向了凯特呼喊的地方而且全员到齐。福尔摩斯先生让妻子和儿子待在餐厅里，他则和汤姆一起去寻找小偷。当然，我也跟在他们后面去搜查房屋。

我对自己的房子从屋顶到地下室都了解得十分透彻。对我来说，房子不仅是个迷宫式的地方，还是多种气味的结合体。我比人类动作快得多，我检查了房间、走廊、各个隐蔽的角落，最后得出的结论是小偷没有离开餐厅。当人类也确信了这一点时，出现了一个无法解决的问题：小偷藏在了哪里？

"总而言之，"福尔摩斯先生说道，"雪地上有脚印，而且我们可以看到小偷走向窗户的路线。小偷打破了窗框，潜入餐厅洗劫了餐具橱，我们合理地假设，罪犯带着赃物按原路离开了房子。但是，他们没有留下在雪地上奔跑的痕迹，这无法解释，但事实确是如此。"

汤姆建议去外面房子周围看看，这个想法是合理的：理论上，小偷可以从一楼的任何一扇窗户逃脱，甚至可以从大门溜走。

新一轮的搜索花了半个小时，但也没有带来什么结果。神秘的罪犯似乎与战利品一起从餐厅里消失了。

阿加塔奶奶唱了一首关于哥布林、魔鬼和其他恶灵的老歌。

福尔摩斯太太想起了热气球——小偷悄悄地乘坐热气球或者飞艇飞走了。

凯特想出了一个更可信的版本——据说，小偷可以踩着高跷离开，而高跷的痕迹是很难被人发现的。

"这些都是凭空想象，"老福尔摩斯把妇女们都撵走了，"我们不知道小偷是如何离开房子的，但我们可以弄清楚他们是从何而来。"

于是我们顺着小偷的脚印往前走——我、汤姆以及福尔摩斯父子俩。这次父亲允许他的儿子和我们一起去。

跑在最前面的当然是我。由我这只纯种的苏格兰梗带领人类，追踪小偷的足迹。在寒冷和大风中，我沿着足迹向前冲去。更准确地说是沿着雪地上留下的两行脚印向前冲去。

从足迹上来看，两个小偷的鞋号都差不多。其中一人的脚印比较清晰，而另一人的痕迹非常混乱，而且弯弯曲曲的。两名罪犯的踪迹把我引向了花园周围的栅栏。

在障碍物附近，罪犯们肆意践踏。他们从栅栏间挤了进来，由此潜入庄园。接下来都是开阔的地方，风势逐渐增强，脚印失去了清晰的轮廓。但是我仍然充满信心地跟着脚印来到了机动车道上。唉……可是我在机动车道上把脚印给跟丢了。

那里的雪变成了一片湿湿的泥泞。小偷的脚印和马蹄的泥浆混在了一起。这条路上只有马匹的味道。出于懊恼，我嚎叫了起来，并狂吠着向路上的泥泞冲了过去。

狂叫之后，我坐在路边，开始等人过来。我的心情差得不能再差了，我的爪子也冻僵了。我沮丧又无力地等待着落在我身后的勘察队成员们。我一边诅咒着严寒、大雪、踏坏人脚印的马匹，还有老是想往我狗毛里钻的寒风，一边等了很久。

人类在雪地里慢慢地走着，我等着他们，冷得刺骨。他们过来的时候也又累又冷。他们很快就意识到，自己白白走了这么远。

"恶性循环，"福尔摩斯先生冷冷地说，"我们不知道小偷们是如何离开屋子的，我们也无从得知他们从何地而来。"

"一个小偷，"夏洛克纠正了他的父亲，"只有一个小偷，没有同伙。"

福尔摩斯先生谨慎地看着儿子。

"儿子，你疯了吗？你没生病吧？雪地上有两行脚印呢。你的视力还好吗？"

夏洛克对他父亲笑了笑。

"我没事，爸爸，"他点了点头，"我也看到了两行脚印，但是我认为这些脚印是一个人留下的。小偷和普通人一样面朝前方，走到了屋子跟前。而离开屋子的时候，他是倒退着走的。"

夏洛克用手指指了指笔直的足迹：

"瞧——这是正常的步伐，坚定且大步。"

小男孩又指了指弯弯曲曲的足迹：

"而这些脚印是罪犯倒退着走留下的，倒着走很难，你们可以自己试试。"

老汤姆目瞪口呆地听完了小男孩的话，我忘记了寒冷，福尔摩斯先生困惑地眨了眨眼睛。

"你们仔细看，"夏洛克继续说道，"你们注意到了吗，左边那串脚印和右边那串脚印完全相同，这样的巧合绝不是偶然的。这进一步证实了我猜测的正确性，我们这个案子的小偷很机灵，他把我们搞得晕头转向，他先让我们搜寻整个房子，而不是立即动身去追他。尽管我们立即去追他的话依旧是追不上的，距离案发已经过去了太多的时间……"

夏洛克突然不说话了。小男孩伸出脖子，竖起耳朵听了听。

"我觉得有人来了，"夏洛克望着远方，"我好像看到了一辆马车。"

的确，在压坏了的路上，一辆套着两匹矮马的马车从皮克林的方向朝我们驶来。驾驶这辆马车的是一名头戴警帽、身穿制服的警察，他制服上的纽扣熠熠生辉，警帽上装饰有一个巨大的帽徽。

"早上好，先生们，"警察赶上了我们，对我们敬了个礼，"你们能告诉我怎么去霍尔哈顿庄园吗？"

"它就在您前面。"福尔摩斯先生指着镂空篱笆后面隐约可见的房子说。

警员拉紧缰绳，矮马停了下来。

"请问，您怎么称呼？"他问道。

福尔摩斯先生按通常的方式介绍了自己。

"先生，您就是我要找的人。"警察说，"今天天亮前，皮克林警察拘留了一个男孩，这个男孩偷了您家的银制品。先生，我很高兴地告诉您，所有被盗物品都完好无损。调查完成后，它们将物归原主。"

小偷是个只比夏洛克大4岁的少年。名字叫作詹姆斯·诺兰·莫里亚蒂。他出生于都柏林，这次来皮克林拜访他的姨妈。小城市里的生活让莫里亚蒂感到苦恼。由于无聊，他决定进行犯罪。

　　为了遵守"不要在自己居住的地方进行偷窃"这条规则，他选择了远离城市的房子作为犯罪场所。莫里亚蒂设计并考虑好了一切。但是巧合毁了这位年轻的小偷，而且城市警察的工作也很称职。

　　天亮之前，莫里亚蒂带着战利品回到了城市，这引起了警察巡逻队的注意。少年独自一人走在夜晚的街道上让执法警卫队起了疑心，他们大声叫住莫里亚蒂，年轻人十分害怕，拔腿就跑。短暂的追逐之后，警察抓获了逃犯并把他带回了警局。经过搜查，警察发现了他身上的银器，莫里亚蒂无法解释它们的来源。很快，在巧妙的盘问下，新手小偷承认了一切。

　　"他会被送进监狱吗？"夏洛克怜悯地问警察。

　　"议会禁止将少年犯关押在监狱中，"警察说道，"1854年通过的立法法令规定，所有16岁以下的罪犯要被送到特殊学校去进行改造，在那里他们会学到一些有用的手艺。"

　　这个世界好奇怪啊！有的人在小时候梦想成为一名侦探，而有的人却已经犯下了第一项罪行。有的人在解决难题，有的人却在计划偷盗。我永远无法用狗的智慧去理解人为何如此不同，我甚至都不该试着去理解。

神秘来信

夏洛克·福尔摩斯有一个亲哥哥叫麦考夫。我以前从来没有提到过他，是因为没有什么好讲的。麦考夫比夏洛克大7岁，他在离伦敦几英里的哈罗寄宿学校上学，很少在霍尔哈顿庄园家里出现。

哈罗中学是英国最好的男子学校之一，那里纪律严明、负担繁重，但麦考夫完全可以应付得来。科学对他来说很容易，尤其是数学。老师们有意让麦考夫以后成为一名科学家，他自己却打算做一名政治家。

麦考夫每个月都会给父母写一封信，信中详细地报告他的成绩。他通常在每封信中都会托父母向弟弟问好，但从来没有单独给夏洛克写过信。有一天邮递员突然带了一封寄给我朋友本人的信。信封上写道："请把信交给夏洛克·福尔摩斯本人。"

这是夏洛克人生中第一次收到信。这是一封真正的信，信封上有邮票，还有回信地址："伦敦，哈罗男子学校，麦考夫·福尔摩斯。"夏洛克激动地撕开信封，小心翼翼地把一张对折的信纸拿出来，然后展开。

夏洛克把信看了三遍——两次默读，最后一次大声地念了出来。

但是，即使看了三遍之后，也还是看不懂这封信。

不得不说，麦考夫经常讽刺他的弟弟。他开玩笑地称夏洛克是蠢货，夏洛克努力让自己不为此生气。夏洛克为他的哥哥感到骄傲，他想获得麦考夫的尊重，我非常理解他！我记得当我还是小狗的时候，为了受到了一只住在斯宾塞先生家隔壁的成年杜宾犬的尊重，我几乎叫得嗓子都哑了，但是那只狗连耳朵都没动一下。

在询问了汤姆和阿加塔奶奶之后，我的朋友陷入了沉思。趁他在思考的时候，我打算躺下睡会儿觉，我毫不怀疑，夏洛克一定能弄明白这封信的奥秘。

我甚至没来得及好好打个盹儿，夏洛克就高声说道：

"这封信是加密的！"

然后我们跑去了图书馆。

夏洛克整晚都坐在那儿看书，研究不同的密码。密码简直太多了，我看得头都要大了！以下是我记得的一些名称："恺撒密码""维热涅尔密码""埃特巴什密码""埃涅伊密码""希腊平方""动物园""蛇""栅条"……你们能想象得到吗，居然没有一个密码是匹配的！

受够了这些密码的折磨,夏洛克决定分散一下自己的注意力。要是我的话,我会去花园里活动活动腿,但他更喜欢活动活动大脑。

夏洛克对这个问题思考了一分钟。一分钟结束后,他突然大笑了起来。

"约翰,我明白了,只有首字母才有意义!信里其他所有的内容都无关紧要!"

我的朋友就像被蜜蜂蜇了一样,跳了起来,他抓起铅笔,看着麦考夫的信,写下了所有单词的首字母:

"把纸拿到火跟前。"

片刻之后,夏洛克已经把这封信拿到了煤油灯跟前。纸张变热后,上面出现了用不可见的墨水写的字:

夏洛克:

你好!

父亲告诉我,你想成为一名侦探。知道这件事之后,我笑了很久。我觉得你没有任何做侦探工作的能力,但是如果你现在正在看这封信的话,也就说明我误会了你,你的确有机会实现自己的梦想。

你的哥哥
麦考夫

一个小时后,夏洛克在书中读到,隐形墨水在科学上被称为密写药水。只有在一定条件下,用这种药水写的字才可以显现。我们的条件就是加热。此外,不仅可以用特殊的药水写下隐形字迹,也可以用普通的柠檬汁写,或者用苹果汁,甚至用普通的牛奶也可以。

那天晚上,夏洛克给哥哥写了一封回信。

我不知道夏洛克是不是还用牛奶或者果汁写了别的内容,那天晚上我早早地睡了。当我醒来的时候,信封已经被封上了。

坎特维尔的狗

现在，我将鼓起勇气，向你们讲述伦敦附近一座古老的骑士城堡中发生的可怕事件。我和夏洛克共同经历的这些事情已经过去了很多年，但我今天回想起来依旧感到十分害怕。等你们读完这个故事之后，就能相信我说的是实话了。

第一章　暴风雨

你们是否曾经想过，为什么事情会这样发生，而不是以其他方式发生呢？事件的导火索是什么，最终又是谁的过错？

最近，我仔细想了想这个问题，然后我想明白了，如果麦考夫·福尔摩斯的学习成绩稍微差一点儿，那么坎特维尔家族古城堡的秘密就依然还是秘密。

一切始于哈罗寄宿学校校长的一封信。信中说学校即将举行一次隆重的会议，在会议上，哈罗学校的优秀学生们将被授予荣誉证书以表彰其学术成就。优秀学生排行榜的榜首必然会是麦考夫·福尔摩斯。

在阅读了信件的内容之后，老福尔摩斯决定立即前往伦敦，亲自参加麦考夫的庆贺仪式。出于教育的目的，他决定带上夏洛克一起去。当然了，夏洛克说服了他父亲把我也一起带在身边。

我们匆匆收拾了行李就上路了，因为目的地明确，我们也没考虑路线的问题。我们得经过几次换乘（大部分时间我们都是在坐火车，只有当穿梭于车站间换乘的时候才需要坐马车）。刚开始，我们一切都很顺利。我们很快就走完了长达840公里的路程，没有遇到任何问题。但是在距伦敦仅300公里的最后一段路上，我们发生了一个小意外。

我们雇了载我们去阿斯科特火车站的马车。这条路途经森林，空气中弥漫着松香的味道。天上万里无云，五彩斑斓的蝴蝶在花间翩翩起舞，带珠光的蜻蜓在碧绿色的枝头飞来飞去，真是令人悠然神往啊！突然一阵强风袭来，空中乌云密布，顷刻间阴雨绵绵。在短短五六分钟之内，原本晴朗的天空顿时变得黑压压一片。

突然打了一声雷，就好像是打埋伏击中了强盗一样。一道闪电划破乌云，天空瞬间泻下倾盆大雨。道路变得泥泞，马儿也开始狂躁地嘶鸣了起来。淡栗色的马猛然向前一冲——马车夫赶紧拉住缰绳，我们的马车强烈地晃动了一下，差点就陷入了泥淖中，多亏了马车夫，我们才安然无恙。然而，我们还是有些损失——马车的一个后轮裂成了两半,我们被紧紧地卡在了路中间。

"真糟糕!"车夫大喊,想要让自己的声音盖过呼啸的风声和噼里啪啦的雨声,"必须得弃车了!离这里6公里的地方有一座城堡,这座城堡隶属于坎特维尔家族。我和他们家的马倌交情颇深,先生,你们去那儿避避雨吧……"

好苦啊,但车夫说得对,我们也别无选择。我们不得不把马卸下来,冒着雨去好心人家寻求暂住的地方。

离开马车后,我们没一会儿就被淋成了落汤鸡,就好像从头到脚都泡在了水里一样。我们的车夫牵着马,老福尔摩斯弯着腰扛着重箱子,小福尔摩斯把我抱在怀里,我们顶着暴风雨,在寒冷中瑟瑟发抖,在黑暗中沿着泥泞的道路前进。

我们走了很长时间,暴雨像鞭子一样抽打在背上。狂风灌进我们的耳朵,闪电在我们头顶跃动,明晃晃的闪光照亮了泥泞的道路。

最后,我们终于看到了城堡。阴森的骑士城堡如海市蜃楼般在雨中隐现,雷云笼罩下的古城堡灰蒙蒙的,一道雷电闪过,令这座庞然大物看上去十分吓人。矮壮的塔楼上满是黑色的枪孔,屋顶上的烟囱看上去像巨龙的牙齿,门廊上的石狮子似乎即将复活,要把所有靠近它的人撕成碎片。

熟悉这地方的马车夫把马带到了马厩,而我们这些不幸的旅客则直接走向骑士城堡。登上门廊陡峭的台阶后,我们发现自己来到了用浸染过的橡木制成的门前,老福尔摩斯轻叩三次门。一分钟后,门开了。

门后站着一位身穿黑色真丝裙、头戴白帽、衣着整齐的女士。

"不好意思，"老福尔摩斯礼貌地向那位女士低了低头，说道，"我们路过此地，遇到了一件麻烦事儿。我们的马车坏了，如您所见，这种天气完全不能走路前行了。如果您能让我们在屋子里避避雨的话，我将不胜感激。"

这位女士让我们进了屋，我们来到大厅，大厅里唯一的装饰物只有沿墙放置的骑士盔甲。过了一会儿，城堡的主人坎特维尔勋爵过来了，他是一位有名望的绅士，不论是发型还是穿着，都露出一股贵族之风。听完福尔摩斯先生的讲述后，他吩咐仆人给我们收拾房间，让我们洗洗澡，换上干衣服。

让我们进门的女士是阿姆妮太太。她在坎特维尔城堡担任管家。她带我们走上了宽敞的大理石楼梯，穿过了弯弯绕绕的走廊，最后，每位客人都有了一个单独的房间。当然了，其中不包括我——因为狗狗不需要给安排房间。不过这并没有让我感到不快——我和夏洛克很早就已经习惯了一起住。

我真是一条天真的狗啊，我以为我们的灾难就此结束了。但是并没有！实际上，灾难甚至还没有开始……

第二章　迷信的骑士

经过一段时间后，我们被邀请去参加晚宴。晚宴在一个宽敞的大厅内举办，大厅内装饰有拱形天花板和巨大的壁炉，墙壁上挂着这位好客勋爵的祖父和曾祖父的肖像。城堡的主人让福尔摩斯一家人坐在长桌旁，阿姆妮太太给他们拿来了燕麦粥。他们也没有忘记给狗喂食：特意为我在壁炉旁放了一个浅盆——里面装满了牛骨头。

我没有听人们在晚餐时说些什么。我惬意地在火堆旁啃骨头——浑身懒洋洋的，胃部发出咕噜咕噜的声音——似乎嘴里的骨头还没咽下去，我就睡着了。当夏洛克从桌子旁站起身时，我从美梦中醒了过来。

我那好奇心强烈的朋友希望坎特维尔勋爵允许他能近距离欣赏勋爵祖先的肖像，勋爵同意了。夏洛特转了一圈，在每幅画前都停留了片刻，甚至在有的肖像画前，夏洛克停留了一分钟之久。但这并不算什么，当来到一幅骑士肖像画前面时，他停住了，像个木头橛子似的一动不动地站在那里。

这幅肖像画中的骑士身穿镀金的阅兵盔甲，左手倚在刻有坎特维尔徽标的盾牌上，右手握着泛黄的羊皮纸。就是这张羊皮纸引起了夏洛特的兴趣。因为在纸上有一幅不寻常的图画——一张被分成多个单元格的表，每个单元格里都有一个字母。过了一会儿，夏洛克凭着记忆把这张表画在了自己的笔记本上。这张表看起来是这样的：

И Н Р А
Г П Е С
О О В П
Л О В У

不仅仅我注意到了夏洛克停留在画前这件事，坎特维尔勋爵中断了与福尔摩斯先生的对话，转向夏洛克说道：

"年轻人，我注意到你对我祖先西蒙先生画像中的羊皮纸感兴趣，是吗？"

夏洛克点点头。

"带字母的方形格子是一个谜语，"坎特维尔勋爵继续说，"夏洛克，我在你这个岁数时，试图猜出这个谜语，但是没成功。你可知道我浪费了多少时间想要尝试理解这个表的含义？"

夏洛克的眼睛突然闪闪发亮。"谜语"这个词对我朋友的影响和"食物"这个词对我的影响是一模一样的。

"您得出什么结论了吗？"夏洛克问，"哪怕是大致的结论呢？"

坎特维尔勋爵很乐意分享他的想法：

"羊皮纸上的图画类似于所谓的'魔术方格'。但与此同时，羊皮纸上的一些字母是重复的。'魔术方格'单元格中的内容不能重复。"

"也就是说，这幅画和'魔术方格'没有关系吗？"夏洛克说道。

勋爵摇了摇头。

"不，根据我的推断，这正是中世纪魔法的'纯净水'。我认为，方格里刻的是一些古老的咒语。是某个来自恶魔之眼或瘟疫的魔法咒语。类似这样的东西。这里不得不说一下我的祖先西蒙先生天性多疑。例如，在去打猎之前，西蒙先生要先请求老夏克的许可。如果途中遇到了喜鹊，他便掉转马头，毫不犹豫地回家。"

老福尔摩斯会心一笑。

"我们的厨娘阿加塔也是和您的祖先一样，"福尔摩斯先生说，"她觉得到处都有哥布林。"

"那个时候的人都是迷信的，"勋爵也微笑着说道，"我的管家阿姆妮太太害怕日落之后走出家门。她觉得，晚上老夏克会在附近徘徊。"

"不好意思，先生，"夏洛克打断道，"请问这个老夏克是谁？"

坎特维尔勋爵很惊讶。

"您家乡的人难道都不知道老夏克吗？我以为关于他的传说在英国各地都广为人知呢。老夏克是一个恶魔般的生物，它是一条巨型幽灵狗，它的眼睛大如茶碟，眼中熊熊燃烧着地狱般的火焰。您想见见它长什么样子吗？来吧，我来给您看看。"

勋爵站了起来，精神抖擞地走向大厅门口。我们有些为难，但也不得不跟着突然发了疯的勋爵。除了突然精神错乱之外，还有什么理由能解释他要去看幽灵狗这个疯狂的想法呢？……

在走廊里拐了两个弯之后，我们4个人（我一直把自己当成人）走进了一个又冷又暗，没有任何家具的小房间。城堡墙外的雨稍微减弱了，晚间昏暗的光线透过有栅栏的窗户照了进来。

"就在这里，请看。"坎特维尔勋爵走到一边，以便我们能看得更清楚，"这就是老夏克。"

铜制的狗头从窗户对面的石墙中探出来。雕塑家的这个作品栩栩如生，幽灵犬的浅浮雕看起来令人毛骨悚然：尖尖的招风耳像猛兽的角，咧着嘴，龇着巨大的獠牙，双眼因为愤怒而恶狠狠地向外凸出。

"这里曾经存放着弹药，"勋爵解释说，"我觉得老夏克的头提醒着人们，在处理火药的时候必须小心谨慎。在火药仓库中常常存在这种象征危险的雕塑物。"

虽然这里已经很久都没有火药味了，但我还是想快点儿离开，逃离这条幽灵狗的金属眼睛。我们苏格兰梗从来不怕大狗，甚至在必要时我们也会拼命打架。但如果我在狭窄的小路上遇见了老夏克，我会掉头就跑，因为我觉得和一群狼厮杀也比和这个怪物战斗要好……

随后，我们一起离开了这间以前用来存放火药的仓库，我觉得我以后再也不会见到幽灵狗了。幽灵在大自然中是不存在的，而且我也不需要再回到这里，来一次就够了。唉，可惜我想得太美了。因为晚上，我又和老夏克见了一面。

第三章　铜头

如果你们想找一个富有同情心的交谈者，想让他仔细倾听并且不打断你们说的每句话，那么养一条狗吧。

我睡眼惺忪，沉默不语地躺在门边柔软的地毯上，而夏洛克在房间里走来走去。他来回走动，跟我谈论绘画的事情——也就是中世纪骑士肖像画中那张神秘的表格。

"约翰，让我们假设一下：在带有字母的方格中，写着的不是加了密的巫术，而是有具体意义的文本。你觉得这个想法怎么样？"

我无法克制自己，一直张着嘴打着哈欠。听夏洛克说话很有趣，但老实说，我真的很想睡觉。

夏洛克用自己的方式解释了我打的哈欠。

"是的，你说得没错，约翰。这和我们了解的西蒙先生相矛盾。但是，是什么在阻止我们进行尝试呢？"

小桌子上的煤油灯灯芯在一点点燃烧，为夏洛克铺好的床还没有动过。接近深夜，自然力再次狂暴发作了起来，雷声时不时地在窗外的黑暗中轰隆作响。城堡里的所有人早已经躺在床上，只有夏洛克还在房间里来回走动，挥舞着手臂，大声推理：

"约翰，我们来想一想，我们知道哪些表格形式的密码呢？'希腊平方'不适合。'恺撒密码'呢？……不，也不对。'维热涅尔平方'呢？……"

夏洛克列出了一些他所熟知的密码，我躺在那儿，听着他滔滔不绝地分析，努力不让自己睡着。

"等一下，约翰！我们选了一条错误的道路！这一切应该更简单！更容易！如果有密码的话，那么一定是非常原始的，例如'蛇'……"

夏洛克抓了支铅笔，开始疯狂地在笔记本上书写。一分钟过去了，两分钟过去了，我的眼皮开始打架，不知不觉就睡着了。

我梦到了老夏克。它微笑着，在薄薄的烟雾中渐渐消失。当它完全消失，只留下一个微笑时，我被夏洛克吵醒了。

"约翰！约翰，看！"男孩给我看了笔记本中的一页纸，"我猜得没错！表上的字母被蛇缠上了！从第二行的第二列开始，然后逆时针看！"

我看了看笔记本上的这页纸，我看到了：

И Н Р А
Г П Е С
О О В П
Л О В У

我迷迷糊糊半睡不醒地搞不清楚他写了什么。夏洛克过来帮了我：

"在方格里的指示是已经加了密的：转动狗的头部！约翰，你知道这是什么意思吗？加油，约翰！发挥你的聪明才智！"

你们大概很快就猜到了，但是直到夏洛克提示我，我才明白：

"这里说的是老夏克的头！来吧，约翰！我们去转动铜狗的脖子！"

夏洛克把笔记本放在口袋里，随身带着灯，就离开了房间。我跟在他后面。在走廊上，我终于意识到了我们要去什么地方。我所有的困倦顿时都消失了，我并不想尝试用一个怪物的头去做试验，但是你能劝住夏洛克吗？当然不能！所以我认命了。

墙外暴雨肆虐，狂风在烟囱里呼啸，从石头地板上传来丝丝凉意。我和夏洛克各怀心思，朝怪物走去。夏洛克急于解开这个秘密，而我希望什么都不会发生，老夏克的头能保持静止不动，这样我们很快就能回来。

我们顺利地到达了目的地，没被任何人发现。我的朋友把灯放在地上，卷起袖子，靠近了怪物的头。夏洛克抓住了老夏克的铜耳朵，使劲想要将它的耳朵向右转动——但是浅浮雕没有移动些许。夏洛克用力压在狗头上。里面有东西响了。在压力的作用下，怪物的头开始慢慢转动……

我惊恐地看着使出浑身解数的夏洛克，他呼哧呼哧喘着气，转动着沉重的铜制品，由于年代久远，老夏克铜狗已经变黑了。夏洛克抓着狗耳朵向下转动老夏克，他换了把手，咬紧了牙，耳朵稍稍向上抬起。转了一圈后，狗头回到了原来的位置。浅浮雕刚一就位，厚墙内的一些机关就被启动了。

我跳到一旁，慌忙中差点儿把灯给碰倒了。我简直不敢相信自己的眼睛，浅浮雕右侧的石头开始活动了。在隐形齿轮的作用下，砌石动了起来。有几块砖块似乎嵌入了墙壁，在这些地方只留下了平坦的表面，还产生了黑色的缝隙。

"约翰，你看见了吗？！"我的朋友高兴地叫道，"我们发现了一条秘密通道！快走吧！我们去看看那里有什么！"

夏洛克抓起地上的灯，冲向秘密通道。他挤进缝隙，瘦高的身影消失在黑暗中，我鼓起勇气，紧跟着我朋友，和他一同向前冲去。

秘密通道通向一个楼梯。陡峭的台阶深入地洞。在这里可以闻到潮湿的气味，到处都长着霉菌，地底下传来丝丝寒冷。

"别担心，约翰，我们不会走得太远。"夏洛克安慰我，"我们下楼看看那里有什么，然后立即就回去。"

楼梯十分狭窄。下台阶时，我朋友的胳膊肘碰到了粗糙的墙壁，他弯着腰走路以免划伤自己的头顶。夏洛克一边走一边数着台阶数。当他数到 12 的时候，把脚踩到了第 13 个台阶上，他没站稳，差点儿就摔倒了。

在夏洛克的重压下，第 13 个台阶下沉了，咔嚓一声巨响传来——楼梯入口处的狡猾机关再次启动。这次它们关闭了这个秘密裂缝。

"约翰！快上去！……"

我像颗子弹似的沿着台阶飞奔上楼，我转过身——夏洛克绝望地跟在我身后！低矮的天花板以及狭窄的空间使他无法全速奔跑。我本来可以从裂缝里钻出去的，但是我怎么能丢下我朋友一个人呢？

石头在我身后关上了，我和夏洛克落入了陷阱。

第四章　迷宫

我拼命地狂吠着，朝切断我们退路的石头冲去。

"你别白费力气了，约翰，"夏洛克叹了口气，"没有人听得见的……"

是的，呼救无法穿过这么厚的墙。换句话说，我们被困在这里了，我们完蛋了。当然，会有人来找我们，他们会找遍城堡的每个角落，会仔细搜索附近的地方，但他们什么都找不到——没有任何痕迹，没有任何线索……

唉，要是夏洛克把写有密码的笔记本留在房间里该多好啊！如果他没有把笔记本放在口袋里该多好啊！那么现在可能是另一种情况，所以——没有任何希望了……我头脑里满是慌乱，喉头哽住，我想绝望地号啕大哭，我想躺在冰冷的石头上，睡过去，之后不再醒来。

"约翰，别难过。我向你保证：我们一定能出去的。"夏洛克轻轻地拍了拍我的脖子，"既然有入口，那么在某个地方必定有个出口。约翰，你同意吗？"

我对夏洛克说的话思考了片刻，我小心翼翼又不确定地大叫。

"别难过了，我的朋友，振作起来！走吧，我们待在这儿也无济于事。"

夏洛克的乐观感染了我。我看着夏洛克，感到心潮澎湃，充满了新的力量，我的心情也很快变好了起来。

这次我跑在了前面，以防再次陷入可疑的台阶。但除了第13级台阶外，剩下的48级台阶完全正常。

楼梯通向一个狭小、潮湿、黑暗的走廊。煤油灯的光勉强照亮一个小范围。

沿着走廊走了几十米后，我们在岔道口附近停了下来。走廊被分为了两部分，两个完全一样的走廊通往不同的方向。

"怎么样，约翰？你想去哪边？右边还是左边？"

我动了动鼻子——似乎左边没有那么潮湿。

"你认为左边更好吗？"夏洛克仔细地看着我，"好吧，就按你的想法走吧。"

于是我们往左拐了。我仍然畏畏缩缩地一边检查路，一边向前走，而落后一步的福尔摩斯则负责把路照亮。五分钟后，我们走到了死胡同里。不得不原路返回。

我们返回的时候走得快了许多，回到分岔口后，我们朝右边走去。走了十来步——我们再次发现自己处在了分岔路口。

"现在去哪儿？"夏洛克问。

我又嗅了嗅。分岔口两侧的气味是相同的。往哪儿走都没有区别。两边都又潮又霉。

"别伤脑筋了，约翰。我知道了，我们在迷宫里！接下来的路有很多分岔口。可能是10个、100个，甚至更多。你知道为什么要建造分岔口吗？"

"大概，骑士在这里玩捉迷藏吧！"我想了想，但是我想错了。

"在过去，迷宫是用作惩罚的。一个人被诱入迷宫，他在走廊里走来走去寻找出路，但一直走进死胡同里，经过几天的徘徊寻路之后，这位不幸的人就失去了理智，因为永远也无法离开这里。要找到迷宫的出路，必须掌握专业的知识。"

听完这些话，我差点儿晕了过去。

"约翰，你记得我最爱的那本关于黑胡子海盗历险的书吗？"

我当然记得了。夏洛克把那本书反复看了很多遍！

"在第四章中，黑胡子船长陷入了巴尔巴多斯岛上的迷宫。他利用'单手法'走出了迷宫。很简单的，约翰！要想离开这里，我们得一边走，一边用右手或者左手不断触摸着墙壁。路很长，我们得走遍所有的死胡同才能走出去，但是最终我们的目标一定能实现！"

在福尔摩斯先生的办公室发生火灾后，我对黑胡子满怀信心。漫长的道路也不会使我感到恐惧了。只要灯里有足够的煤油……

"走吧，约翰，"夏洛克右手拿着灯，左手摸着墙壁，"我们来假装自己是海盗。我是黑胡子，你是船长的小狗。"

如果这能帮助我们找到离开地洞的出路的话，就算扮演脏猫的角色我也愿意。

我的朋友一边用左手触摸墙壁往前走着，一边谈论着黑胡子如何在巴尔巴多斯岛的迷宫里发现了一箱黄金。我没有仔细听我朋友说的话，我期待着我们最终能遇到一个楼梯、一扇门或者其他东西——任何东西都行，只要我的鼻子不碰上死胡同就好。所有的死胡同和分岔口都如此相似，以至于出现了我们好像在绕圈走的错觉。有时候我觉得，我们在不停地转圈。

"约翰，看！"夏洛克第一个注意到了门，"你还在害怕！看看——这就是迷宫的出口！"

一扇生了锈的棕褐色门藏在这个死胡同里。我快乐地尖叫着跑向它，我往上一跳，后腿支撑着我整个身体站了起来，我在那儿开心得团团转。

"约翰，你碍事了，"夏洛克把我推到一边，"让开，不要在我脚下乱窜。"

这扇门没有把手。夏洛克用肩膀撞了撞门——合页吱吱作响。门打开了，夏洛克越过门槛，我一下子蹿到他身后，在地板上用爪子爬行了一会儿，然后一动不动地停了下来，茫然地环顾四周。

我们进入了一个石袋里。四面都是无门无窗的墙壁。没有出口，只有入口。

哐当！——我们背后传来一声巨响。我哆嗦了一下，回头看去——我们身后的门关上了。我们粗心地把它给忘了。

"约翰，我们有麻烦了。"夏洛克的声音中透露出了一丝慌张，"我觉得我们落入了陷阱……"

夏洛克回到门这儿，皱了皱眉。

"我也想过这种情况……这边也没有门把手……"

夏洛克弯下腰，检查了门框后，他沉重地叹了口气，然后下了定论：

"好了，我们完蛋了。走投无路了。门关得很紧，连门把手都没有，拉都没处拉，我们打不开门。"

恐惧的寒意侵入我心。多么悲伤的讽刺啊——因为没有门把手，我们注定死去！

"可能是弹簧门。"与此同时夏洛克思索着说，"一个人在迷宫里绕来绕去，撞在门上，掉入了一个阴险的陷阱中……等一下……约翰，你感觉到微风了吗？"

我嗅了嗅——真的有微风的气息！清新的香气让我的鼻子感到很舒服。

"在这里！"夏洛克转身离开门，他用手指戳了戳上面的一个地方，"约翰，你看到洞了吗？"

我抬起头，看到了石头上的一个小洞，灰色阴影背景下的一个黑点，看起来像枪眼一样。

"没有弹簧！"夏洛克说，"过堂风把门嘭的一声关上了！"

夏洛克手中的煤油灯很暗。离灯一米远近的东西已经什么都看不见了，随后阴影慢慢变黑了。他把灯举过头顶，走到墙上的洞前，仔细地检查了一下。

"我们得救了，约翰，"我的朋友笑了，"这个洞就是通往自由的道路！对于成年人来说，它太小了，但对于我来说正好合适。"

成年人低估了孩子，忘记了有时候孩子能得到成人得不到的东西。比如，从"针眼"里爬过去。

"遗憾的是，我们得把灯扔了，"夏洛克建议道，"和我不一样，灯爬不进洞里。"

我没有想过灯的事情，在完全没有光的情况下无目的地爬行——

这是多么恐怖啊！

"你向前爬，约翰。去吧，我会扶着你的。你自己跳不上去。"

夏洛克举起我，把我塞进石孔里。对于我来说灯光已经暗了下去。我克服恐惧，爬入了黑暗。

苏格兰梗是洞穴犬，是专门用来在洞内狩猎的品种。我很庆幸自己属于这类品种。在狩猎过程中，苏格兰梗能清楚地知道洞的尽头是什么，或者更准确地说，知道在前面等着你的是谁。当拿着枪的人站在你身后时，你也就无所畏惧了。

想象一下，如果你们现在是我的话，此时，前方一片漆黑，不知道离目的地还有多远，就连目的地是哪儿也不知道。当然，自由是一件好事，我们必须为之奋斗，但是最好不要盲目地用别人的方式去加以证实。唯一让我心安的是在我身后爬行的夏洛克的呼吸。太好了！我并不是一个人在这个洞的世界里！有个朋友一直在你身边真好啊！

夏洛克的处境很困难，这个地方勉强能容下他。幸运的是，这条通道是笔直的。如果我们一路上遇到转弯的话——他未必能通过。

石头洞穴怎么开始就怎么结束——依旧是墙上的一个洞。我探出头，不知道离地面有多高，也不知道下面究竟有没有地面。黑得伸手不见五指。

我大叫一声，跳了下去。我向外跌下去，这是我一生中第一次羡慕猫——它们可以脚掌落地。往下坠落只持续了一秒，但我感觉像是过了好久。我啪的一声摔在地板上，肚子着地，之后我坐了起来，我还活着，毫发无损。

"约翰，你还好吗？"

我吠叫着回应他，让他知道一切都好，不用为我担心。

"靠边去，约翰。别让我砸伤你。"

我不知道要退到哪里，但地方够大容得下我们。夏洛克从上面跳了下来。我一点也看不见他，这让我更担心他了。我不知道他表演了什么马戏团翻跟头，但是片刻之后我听到了：

"你在哪里，约翰？快来我这儿！"

我欢叫着冲向夏洛克。

"嘘，约翰！嘘！现在高兴还太早了。我们还在地洞里，仍然不见天日。"

然后，我们用手摸索着往前走去。夏洛克小心地、一步步地在黑暗中移动，我紧跟在夏洛克脚旁，生怕跟丢了。这里的空气更新鲜，闻起来也更干燥一些，这使我心中重燃希望，我们漂泊的日子很快就要结束了。当我们偶然发现一个螺旋楼梯时，我感觉出去的希望越来越大。

我们沿着螺旋楼梯往上爬。转了6圈后，我们踩在了平坦的地面上。在黑暗中，我们继续缓慢地一步一步地向前走。

"等等，约翰！"夏洛克在离楼梯几米处停了下来，"这里有个有趣的东西……等等，我来弄弄清楚……它从地板上翘起来……嗯，它整个都在蜘蛛网上……约翰，我好像摸到手把了……"

夏洛克拉动了手把。传来咔嗒一声，就像是转动老夏克的头之后发出的声音，墙壁后面又响起了熟悉的咔嚓咔嚓声。隐形机械正常开启，我们面前的黑暗也随之消散了。

与漆黑一片比起来，我觉得眼前的朦胧就是明亮的光芒。由于机械的作用，暗淡的光线从墙壁上的缝隙里照进来。

我想朝着迎面而来的光冲过去，但夏洛克朝我喊道："当心，约翰！这也许是一个陷阱。"

夏洛克有一个罕见的能力——他善于从以前的错误中学习。我们已经两次遭受仓促之苦了——这足以让我们学会保持耐心。

夏洛克悄悄走进缝隙，他踮起脚，一小步一小步地靠近灯光。我也在旁边半弯着爪子小步移动。

夏洛克和我走过石缝，悄悄地进去了——我简直不敢相信自己的眼睛！——我们进入一间普通的有人住的房间。窗户上挂着窗帘，墙壁上挂着画，墙纸上有花朵，屋里还有家具和香水味！在秘密通道正对面的窄床上，城堡女管家阿姆妮太太正在轻声打着鼾。我高兴得无法克制住自己，大声叫了起来！

阿姆妮太太在床上身子猛地一哆嗦，她瞪着眼睛，捂着耳朵，尖叫了起来。

"走开，你这个怪物！！"阿姆妮太太扯着嗓子喊道，"快走开，地狱生物！别靠近我！"

她向我扔了一个枕头，但没砸中，她用被子盖住了自己的头，瑟瑟发抖，继续拼命大喊。

你们猜到了吗？……没有吗？……阿姆妮太太误以为我是老夏克！所以她才大声喊叫，把城堡里所有的人都吵醒了。

第五章　黑色郁金香

当然，福尔摩斯先生还是教训了夏洛克。

"我认为你已经是个大孩子了，不会做这些愚蠢的事情了，"父亲谴责儿子道，"而你却表现得像个任性、不懂事的小孩子。"

夏洛克脸红了，一句话也回答不出来。

"先生，您太严厉了，"坎特维尔勋爵为我的朋友辩护说，"您的儿子冒冒失失的，当然应该受到责备。但是请您不要忘记，他同时也解开了困扰了我们家族所有成员近4个世纪的谜语。"

"小男孩没有把狗丢下！"阿姆妮太太替夏洛克求情，"小男孩在救了自己的同时，还不忘记这只小动物，他有一颗善良而脆弱的心，请您不要责骂他了。"

大人们在有壁炉的大厅里讨论着夏洛克说的关于我们擅自进入秘密迷宫的事情。就像是无声的法官一样，坎特维尔家族的画像从四面八方盯着我们，我觉得，画中骑士的眼中隐隐露出了一丝悲伤。

"先生们，关于西蒙爵士的故事我说得并不完整，"城堡的主人承认道，"一些历史学家认为，西蒙·德·坎特维尔是打算推翻伊丽莎白女王的阴谋家之一。据说，西蒙爵士是阴谋家中的一名出纳员。历史学家的猜测引发了一个传说，相传我祖先在城堡的某个地方藏了一个装满宝藏的箱子。我从来都不信这个传说，但是夏洛克今天的发现让我不得不开始怀疑。先生们，我当着阿姆妮太太的面，郑重承诺：如果城堡地下的迷宫里真的有一箱臭名昭著的宝物，那么这其中一半的宝藏都归你们所有。"

"宝藏不在那儿。"主人说完后，夏洛克说道，"但就在附近。当第13级台阶沉下去之后，我意识到老夏克的头必须朝另一个方向转动。"

大人们困惑地看着小男孩。这种情况已经不止一次了：夏洛克说了些话，然后每个人都目不转睛地望着他，等着小男孩的解释。

你们回想一下，几乎在我叙述的关于夏洛克的所有故事里都有类似的情景。

"我弄错了，"夏洛克说，"表格里的文字是按照逆时针旋转的'蛇'密码刻上去的，而我却顺时针旋转了老夏克的头。转向头的右边是一个专门为我这样头脑简单的人设计的陷阱。要是知情人的话会把头向左旋转。"

我看着成年人的脸色不断变化，毫不掩饰自己快乐的心情。坎特维尔勋爵蹙起了他高贵的额头，福尔摩斯先生的眉毛都皱到了鼻梁上，阿姆妮太太则滑稽地张着嘴。很显然，我的朋友知道如何令人感到惊讶！

"我们需要一盏灯！"坎特维尔勋爵毅然走向门口，"年轻人，我打算立即检验您的假设！"

阿姆妮太太跑去拿灯。

我们沿着和昨天一样的路走去，再次遇到了老夏克。青铜铸成的怪兽头已经吓不倒我了，为什么呢？我自己也不知道，也许是因为窗外的天变晴了，也许是因为阿姆妮太太已经把我和老夏克混在一起了。

女管家带来了灯，坎特维尔勋爵坚定地握住了青铜做的耳朵。他转动的速度比夏洛克要快得多。浅浮雕逆时针旋转后，传来咔嗒一声。机械在墙后咔嚓咔嚓响。石头移动到了浅浮雕的左侧。沉重的石块开始活动了起来。墙里面出现了一条通道。夏洛克的预测成真了。我的朋友又猜中了。

"把灯给我！"坎特维尔勋爵战战兢兢地往通道里看了一眼，"先生们，我看到了一个箱子！"

我们所有人都跟着坎特维尔勋爵一起进入了通道，那里出乎意料地干燥，而且一点儿也不冷。在小屋子的中央有一个大小适中、盖着平盖的箱子。盖子上积了数百年的灰，一朵小花安静地躺在盖子上。虽然已经枯萎而且略微褪了色，但还是保留了郁金香黑色花苞的自然色。

"太不可思议了！"城堡的主人细细看了看郁金香，感叹地说道，"先生们！阿姆妮太太！你们瞧，我看到了什么！这是黑色的郁金香吗？"

"是黑色的，那又怎么样呢？"我看着勋爵，心里寻思着。其他人也不明白为什么这朵其貌不扬的小花让勋爵突然这么激动。

"我的朋友们！"勋爵伸手去拿花，"在我们面前的是一个真正的奇迹！"

他轻轻摸了摸郁金香，小花瞬间化为乌有。绿色的花茎和黑色的花瓣变成了一撮两种颜色的粉末。

"唉，真可惜！"勋爵很伤心。奇迹总是如此——曾经拥有又瞬间消失，大概是为了证明你不是在做梦吧。

勋爵把双色粉末从箱子上挥去，然后掀开平盖，他微微一笑：

"这就是宝藏。在西蒙先生那个年代,箱子里一半的东西就足以装备整个军队。"

我站立起来,希望能看到一堆金子和钻石,但我只看到了又小又干巴的球茎。箱子里塞得满满当当。

"这是什么啊?"夏洛克问道,他和我、阿姆妮太太以及福尔摩斯先生一样,非常沮丧。

"黑色郁金香的球茎,"坎特维尔勋爵回答说,"遗憾的是,时间过得太久已经不能种植了。否则的话,我们会名噪一时的。几个世纪前,这完全能让人发财致富啊。"

坎特维尔勋爵看了一眼站在箱子周围的人。

"真的没有人听说过'郁金香热'吗?"坎特维尔勋爵问道,"没有吗?……那我来告诉你们吧。"

勋爵讲的故事就像是童话一样。我艰难地强迫自己相信这个故事。有时候人类就会搞出这些小桥段,这让可怜的狗脑子神经紧绷,试图理解其中的逻辑。

所谓的"郁金香热"始于16世纪末的荷兰。郁金香稀有品种的价格飞涨。一颗球茎价值1000多英镑。而一头牛才卖100英镑。郁金香的颜色越特殊,球茎的价格就越高。最高纪录是40颗球茎卖了10万英镑。当然,花农们想破了脑袋想要培育出颜色最不可思议的郁金香。他们都梦想着能培育出黑色郁金香。对"郁金香热"的所有参与者来说,黑色花瓣的花苞是他们无法实现的理想。

郁金香品种出名的颜色有蓝黑色和深红色，但唯独没有黑色。太阳王路易十四为了庆祝自己购买到了深紫色花瓣的郁金香，特意举行了焰火庆典，并邀请王室重要人物前来参加。深紫色和黑色非常相近，但还是和黑色有所差别。无论花农们多么努力，大自然都不想要服从他们。所以人们一直无法成功获得真正的深黑色郁金香……

"黑色郁金香在我们眼前化为了灰烬，"坎特维尔勋爵给自己的故事做了个总结，"我们都亲眼所见。我们还看到了枯萎的球茎。我想，这些球茎能长出什么颜色的郁金香就没有必要说明了吧？有了这些财富，密谋者们才能有成功的机会。"

"密谋者们最后怎么样了？"福尔摩斯先生好奇地问道。

"他们的计划被皇家特务知道了。主谋们逃往美国。其余的人对自己的错误感到懊悔，仁慈的女王陛下饶恕了他们。"

"西蒙先生也悔改了吗？"夏洛克问。

"不，他不见了，"勋爵悲伤地说，"叛乱者被揭露之前，他就消失得无影无踪了。"

阿姆妮太太赶紧补充道："1585年的夏天，西蒙先生莫名其妙地失踪了。也没有找到西蒙先生的尸体，但他罪孽深重的灵魂至今还在城堡中徘徊。"

"您错了，"坎特维尔勋爵表示异议，"失踪的时间要晚得多。"

"怎么会呢！"阿姆妮太太争辩道，"西蒙先生的妻子埃莉诺夫人于 1575 年去世，西蒙先生比她多活了整整 10 年。"

"阿姆妮太太，您把日期搞混了。"勋爵坚持自己的观点。

"不，是您弄错了日期！"女管家坚持道。

争论慢慢激烈了起来。阿姆妮太太提到了古代编年史，坎特维尔勋爵说到了家庭档案。他们俩谁也不让步。

我一边听着他们的争论，一边思考故事的科学性，思考科学中最不可靠的部分。突然间，我意识到：我必须写一本关于夏洛克的书！否则时间流逝，等夏洛克成名后，完全陌生的人，或者更糟的是，就连陌生的动物都会开始杜撰他童年的各种故事。

所以，你们正在阅读的这个故事就问世了。更准确地说，是你们快要读完的故事。这是一个与夏洛克·福尔摩斯童年事实相符的故事，这个故事由他的忠犬约翰撰写而成。

哎哟！……我差点忘了！你们还记得吗，当夏洛克踏上第 13 级台阶时，我们身后的秘密缝隙关上了，我很难过——听说，现在没人能找到我们？所以，我认为西蒙先生也发生了类似的事情。

如果你们突然要在坎特维尔城堡过夜的话，我提醒你们：请务必小心。

你们好呀，我叫约翰，是一只纯种苏格兰梗。我有着出色的贵族血统。但我已经是一条老狗了。我整天躺在壁炉旁烤火，回忆往昔。

我的一生几乎都是在福尔摩斯家族的霍尔哈顿庄园里度过的，这个庄园位于英格兰北部的皮克林小城附近。住在霍尔哈顿庄园里的人有——园丁汤姆、老厨娘阿加塔、女佣凯特、福尔摩斯夫妇——他们成了我的家人。但是，我一生中最重要的人物是一个名叫夏洛克的男孩。他是世界上最聪明的男孩，也是世界上最忠诚的朋友！一年前，夏洛克去了剑桥学习自然科学。我非常想念我的朋友。我们俩在一起经历过很多冒险，现在我来给你们讲讲其中一些故事。

拿着粉色康乃馨的陌生男人

麻烦事总是不期而至。就连最谨慎的人也会大意,甚至成为阴险狡诈之人的受害者。举个例子来说,我要告诉你们一个发生在我眼前的故事。

有一次,住在离皮克林 16 公里处的福尔摩斯先生要去城里办事,在那里遇到了自己的老朋友斯宾塞先生,就邀请他去自己家里做客。斯宾塞先生高兴地答应了,并承诺会在星期四晌午的时候前去。

我对斯宾塞先生非常了解。我小时候和他同住在一个屋檐下,我们一起生活在皮克林郊区的家里。斯宾塞先生以前是军人,退伍后,他给自己找了件喜欢的事做——成为一名热情的绘画收藏家。有一次,他请一对父子去做客,想要显摆显摆一幅罕见的画。看得出来这位父亲很喜欢这幅画，但小男孩怀疑这幅画是赝品，并且证明了自己的说法。这个小男孩就是夏洛克·福尔摩斯。斯宾塞先生为了感谢夏洛克帮他揭露了骗子，他提议让小男孩选一幅画当作礼物。但出人意料的是，夏洛克想要一只小狗作为礼物，于是我们的友谊在那天开始了……

我对在斯宾塞先生身旁度过的时光，仍然留有最温暖的回忆。因此，当他的马车一出现在大门外，我就立马跑出去大声吠叫。

"你好啊，小淘气！"斯宾塞先生微笑着对我说，"我也很高兴见到你！"

他熟练地勒住马，跳到地上，轻轻地拍了拍我的脖颈子。夏洛克也过来找我们了，福尔摩斯夫妇则在房子前门的台阶上迎接客人。

大家互相问候之后，一同进了屋。我稍微滞留了一会儿，看着我们的园丁兼马夫汤姆把客人的马卸下来。满足了好奇心之后，我匆匆跑进屋子，以免错过什么事情。

福尔摩斯父子俩专心听着斯宾塞先生说话。这位收藏家夸耀了他最新获得的作品——意大利画家安德里亚·索拉里奥的画作《拿着粉色康乃馨的陌生男人》。我也假装礼貌地听着，老实说，我其实对厨房传来的味道更感兴趣，阿加塔奶奶和女佣凯特正在厨房里准备把肉送上餐桌。

很快，我们就被叫去吃饭了。我一下子就钻到桌子底下，趴在夏洛克脚边，耐心地等待着小男孩与我分享美味骨头这一美妙的时刻。在等待食物的时候，我像往常一样，倾听人类的谈话。

斯宾塞先生给东道主讲了一个在皮克林进行巡回演出的魔术师的故事。整个城市的人都对他议论纷纷，甚至报纸上也都是关于他的事迹。

"记者们蜂拥地报道了魔术师的技艺。据说，只要他看着一个人，就可以说出这个人的名字甚至住址，"斯宾塞先生说，"我对此很感兴趣，所以我决定也去拜访一下魔术师，你们是不会相信的，但记者们说得没错！我一句话也没说，正襟危坐，魔术师却说出了我的名字还有我房子的门牌号！我百思不得其解，他是怎么做到的呢？"

"他可能有助手，"夏洛克推测道，"他们可以来早一点儿，打听市民的消息，然后告诉魔术师。"

"不，这不太可能。"斯宾塞先生摇了摇头，"在短时间内，很难了解到这个城市所有居民的详细信息。毕竟，我不是唯一一个拜访魔术师的人，他很受欢迎。"

"也许是当地人在帮助他，"福尔摩斯先生分享了他的想法，"我想，只要支付少量费用，就很容易聘请一位当地人做助手。"

"您认为魔术师在骗人吗？"斯宾塞先生沉思道。

"很有可能，"福尔摩斯先生点点头，"除此之外没有其他合理的解释了。"

"如果是这样的话,那这个骗子可赚了不少钱,因为市民们很容易轻信他人,"我们的客人笑着说,"他从每位访客那里收取5先令8便士。"

人类继续讨论斯宾塞先生的故事,但我不再听他们说话了。我拿到骨头之后,愉快地开始啃了……

斯宾塞先生在我们家一直待到了傍晚。日落时分,他临走前邀请了福尔摩斯一家人到自己家去做客,并承诺会给他们看看《拿着粉色康乃馨的陌生男人》。

第二天,有辆马车在我们的门口停了下来。一大清早就有位警察来到我们家。他喊住汤姆,让汤姆把庄园主人叫过来。主人过来后,警察先自我介绍了一番,然后问福尔摩斯先生:

"先生,您能证实斯宾塞先生的话吗?斯宾塞先生说他昨天一整天都在您这里。"

"是的,长官,"福尔摩斯先生点了点头,"从中午到天黑前,斯宾塞先生都在我家。"

"谢谢您,先生……"

"发生什么事了吗?"

"斯宾塞先生回到市里后,去警局报了警,他说他的画不见了。他确信画是被偷了。"

"您知道被盗的画叫什么吗？"福尔摩斯先生问。

"我知道，先生。是《拿着粉色康乃馨的陌生男人》。"警察清清楚楚地说。

这个消息让福尔摩斯先生感到很忧愁，让夏洛克感到很困惑，让福尔摩斯太太感到很伤心，让我感到很震惊。我们自己也没料到，我们居然卷进了一起名画被盗案。

"汤姆，准备马车，"福尔摩斯先生说，"在斯宾塞先生如此艰难的时刻，我们必须去支持他。"

福尔摩斯太太想和我们一起去，但是福尔摩斯先生说这是男人的事情。

一个小时后，我们已经越过了一栋两层别墅的门槛，这栋住宅更像是一座博物馆。自从我们上次来过以后，斯宾塞先生家中的画作数量明显变多了。它们挂得密密麻麻，把所有的墙壁都覆盖住了。

主人悲伤地朝我们笑了笑。

"唉，先生们，我无法兑现我的诺言了。《拿着粉色康乃馨的陌生男人》的肖像被盗了。小偷打开了保险箱，偷走了画作。我们走吧，我来给你们看看……"

我们跟着斯宾塞先生去了二楼，走进办公室后，我们看到了一个厚厚的铁柜子，柜子门敞开着。

"瞧，你们看看吧：保险箱开着，画不见了。先生们，你们知道最令人难受的是什么吗？我不是个小气的人——我给保险箱安装了工程师约瑟夫·布拉姆的锁。你们听说过这些锁吗？

"若没有钥匙，约瑟夫·布拉姆设计的锁几乎是不可能打开的。上世纪末，其中一把锁被陈列在五金店的橱窗里。只要能借助工具打开它，就可以获得奖励。这把锁在橱窗里放了整整60年，没有人能破解。直到1851年，美国工程师阿尔弗雷德·霍布斯在伦敦世界博览会上解决了这个问题。这位美国人在16天的时间里打开了这把锁，他总共花费了40个小时来进行这项工作。"

听完关于锁的故事后，福尔摩斯先生走向保险箱，俯身仔细检查了钥匙孔。

"没有发现撬锁的痕迹。似乎保险箱是用钥匙打开的。"福尔摩斯先生说。

"那是不可能的，"斯宾塞先生摇了摇头，"钥匙只有一把。"

斯宾塞先生敞开衬衫的领子——他把钥匙用铁链子串了起来，挂在脖子上。

"钥匙日日夜夜一直在我身边。我只有在打开保险箱的时候，才将它取下来。"

"警察怎么说？"福尔摩斯先生问。

"他们指责我记性不好，还说是我自己打开了保险箱，说我在戏弄他们。"

"对不起，先生，"夏洛克插嘴说，"如果画作被盗的话，那么应该有小偷进屋的痕迹留下。"

"有痕迹，一楼的窗户被打碎了。但警察认为是踢足球的男孩子们打碎了玻璃。警方对画作被盗持有怀疑态度。他们说我记忆力下降了。根据警察的说法，是我自己用钥匙打开了保险箱，把画藏了起来，之后就忘记了。"

"真是一派胡言！"福尔摩斯先生愤慨地说，"警察根本不想完成他们的工作。画肯定是被偷了。就连小孩子也知道。你同意吗，夏洛克？"

"我同意，爸爸。"

回家的路上，夏洛克一直不说话。我坐在他的膝盖上，尽量不打扰他思考。

傍晚时分，我们回到了福尔摩斯家族的祖传领地——霍尔哈顿庄园。晚餐后，夏洛克去睡觉了。他把自己锁在房间里，来来回回地走，而我就躺在门边的地毯上，看着我的朋友。

"我们用逻辑来推理一下，"夏洛克建议道，"保险箱是用钥匙打开的，没有别的可能性。也就是说小偷用某种方式得到了钥匙。但是不存在第二把钥匙，这是不争的事实。"

夏洛克突然停止在房间里徘徊，他停在窗前，若有所思地望着月亮。

"我们需要寻找线索,约翰。否则,我们永远也不会知道是谁打开了保险箱。"

"没错,线索是不会妨碍我们的,"我想,"但是去哪里找线索呢,这是个问题啊!"

"约翰,你还记得桌旁的谈话吗?关于魔术师的谈话?"

我还在努力回忆的时候,夏洛克就急忙冲出了房间,他边跑边叫:"我似乎找到了线索!"

我匆匆地跟在后面,终于在楼梯口追上了他。我们一起下楼,穿过走廊,跑到客厅。

"爸爸,我猜到了!"夏洛克在门口喊道,"画是魔术师偷的!"

老福尔摩斯坐在壁炉旁的摇椅上,手里拿着报纸。夏洛克打断了他的阅读,他责备地看着儿子。

"冷静点,儿子。你小声点说,我耳朵没有聋。"福尔摩斯先生放下报纸,"你为什么觉得是魔术师偷的呢?"

"因为魔术师会催眠!"

"他会什么?"父亲没明白。

"催眠。"夏洛克重复道,"'催眠'这个词从希腊语翻译过来就是'梦'的意思。这个词最初的使用者是英国医生詹姆斯·布雷德，他是人类心理领域的权威研究人员。"

"你怎么知道这些事的？"父亲很惊讶。

"有关催眠的事情是我们的邻居杜立德医生告诉我的。催眠师能让人陷入人造梦境的状态，处于这种状态的人无法撒谎，并且总是诚实地回答任何问题，而当他醒来时，对自己做过的事情、说过的话，全都不记得了。"

"我明白了。"福尔摩斯先生点点头，"你继续说，我听着呢。"

"这很简单，爸爸！魔术师对斯宾塞先生进行了催眠，斯宾塞先生回答了催眠师的问题，说了自己的名字和住址。最重要的是——魔术师从斯宾塞先生那儿打听到了这幅画，并且知道了它被锁在保险箱里。"

夏洛克喘了口气，继续说："然后魔术师留意了斯宾塞先生的去向。等他离开后，魔术师打碎了玻璃窗，爬进了屋子，从保险箱里偷走了《拿着粉色康乃馨的陌生男人》的肖像！"

"你忘了，孩子，没有钥匙是无法开锁的。"父亲提醒儿子。

"不，我没有忘记！"夏洛克笑着说，"当然，魔术师也问了钥匙的事情。并且，在催眠的状态下，斯宾塞先生本人心甘情愿地向魔术师展示了钥匙。然后魔术师用钥匙制作了一个模塑品——第二把钥匙是用印在蜜蜡上的模具做出来的复制品。"

老福尔摩斯皱了皱左边的眉毛。

"难道一个人在催眠状态下说的都是真话吗？"

"不是的，爸爸，并不总是如此。有些人不受催眠影响。"

"谢谢你，儿子。这下我就放心了……"

第二天，我们再次去了市里。夏洛克向警察讲述了什么是催眠以及他认为的魔术师打开保险箱的方法。一开始，警察对此表示怀疑，但在商量过后，他们为了保险起见，决定拘留魔术师并在他的物品中寻找画作。就我个人而言，我一点儿也不怀疑画作能被找到。果真如此……

画中描绘了一位戴着黑帽子、穿着红上衣、右手拿着一朵小康乃馨的成年男子。这是一幅普通的画，没什么特别的。我不是很喜欢这幅画。我喜欢画家画的食物，肉或者是鱼，或者是狩猎，还有其他狗。我觉得人类根本不懂绘画。你们不要试图让我回心转意，我知道我在说什么！

鸽子的羽毛

我的朋友夏洛克饱读诗书,在我们这个年代,只有从书本上才能学到新东西。小男孩可以连着几天都泡在图书馆里,沙沙地翻着书页。他特别喜欢探险小说和侦探小说,只要拿到一本,他便爱不释手,不愿放下来。

我清楚地记得,美国作家埃德加·爱伦·坡写的《失窃的信》给夏洛克留下了什么样的印象。夏洛克把这个故事反复读了三遍——两遍默读,一遍读出了声。因此,我熟知奥古斯特·杜宾这位巴黎业余侦探进行的惊人调查。乍一看,案件似乎很简单。小偷偷了皇家的一封信,被人发现了。他当着受害人的面更换了一份重要文件,还要勒索她。趁小偷不在家的时候,警察对他的住所进行了两次彻底的搜索,但仍然没有找到这封信。随后他们向每次都能出色完成任务的杜宾求助。这位业余侦探用合理的借口上门拜访了嫌疑犯,在谈话过程中他仔细观察了房间,知晓了狡猾的房主把信藏匿的地方。原来,信就在警察的眼皮子底下,但他们没有注意到。

这个案件使夏洛克百思不得其解。经过认真的思考，夏洛克决定不仅要训练自己的逻辑能力，还要训练自己的观察能力。他选择了英国作家查尔斯·狄更斯在小说《雾都孤儿》中描述的方法：在伦敦有一些系统性的"学校"，经验丰富的江洋大盗们在那里将偷盗的秘诀传授给年轻的小偷们。老师让学生们用一秒钟观察一个不起眼的小东西——纽扣、5便士硬币、订婚戒指，然后要求学生们详细地描述出他们所看到的一切。

夏洛克从记住两三个小物品开始训练。他把东西倒在桌子上，然后转过身，凭着记忆去描述这些东西。每天，夏洛克都会添加一件物品，很快，桌子上就摆满了各种各样的小东西，只要他粗略地瞥一眼就能记住所有的东西。

这些通过训练所获得的技能不止一次地帮助了夏洛克。回顾一下有关鸽子羽毛的事情就足以证明我说的话了，这件事情发生在福尔摩斯太太的生日前夕。

夏洛克的母亲维奥莱特·麦考夫出生于5月11日。每年生日前夕，福尔摩斯先生都会去市里为寿星挑选礼物。我和夏洛克通常会陪他一起去。

我清楚地记得汤姆驾着马车到了门口，我们爬上马车，45分钟之后，就已经来到了城市附近。穿过郊区后，我们又在街道上行驶了一段时间，然后在珠宝店旁停了下来。我们仨去挑选礼物，汤姆则留在原地等。

推开门，福尔摩斯先生、夏洛克和我一起走进一个狭窄的房间，柜台正对着门口，沿着墙有一排架子，还有一扇敞开着的窗户。在店里买珠宝的不止我们——除了店主外，还有一位警察和一个穿着黑色时髦外套的小胡子绅士。

"你这个骗子！"小胡子绅士用手指指着商店的老板，大喊大叫道，"我会起诉你的！"

"你才是骗子！"店主反唇相讥，"等着在监狱里哭吧！"

"安静！"警察试图平息他们的争吵，"你们一个一个地说，我来判断你们谁对谁错。"

愤怒的小胡子绅士转向警察，开始喋喋不休："店主想要欺骗我！就在这，你们看！"小胡子递给警察一枚明黄色的小戒指，"他说这枚戒指是金的！多么卑鄙的谎言啊！我又不是小孩子！我分得清青铜和黄金！"

愤愤不平的买主刚说完他的控告后，店家立即说道："完全不是这样的！刚刚我一转身，这个小胡子流氓就把戒指给调包了！警官，您搜他身！检查检查他的口袋！"

警官对争辩的两个人大声说道："先生们，请你们不要激动！从你们俩刚才的陈述中，我什么都没搞懂。我们再来一次。请你们详细描述一下刚才发生的情况。先生，您先说吧。"他对那位小胡子买家说。

小胡子开始说："走进店里后，我礼貌地要求店主给我看一些适合我尺寸的金戒指。店主递给了我一枚戒指，我仔细看了看，发现它根本不是金戒指，而是铜戒指。"

买家说完，店家紧接着道："别听他的，警官！不是这样的！一开始，他从我手里拿过戒指，随后他想看一下珍珠项链。我转身从架子上把项链取下来，而这时他却把金戒指换成了铜戒指！警官，我要求您对这个骗子进行搜身！"

警察让小胡子买家把所有口袋都翻过来，小胡子立即照做，还把口袋里银色的烟盒、几枚硬币和一块链表放在柜台上。清空完口袋，他奸笑着说："现在您相信我的清白了吗？还是仍然怀疑我呢？"

警员严厉地看着默不作声的珠宝商。

"先生，您被捕了。"警察看着店主说道，"您被指控欺诈。"

珠宝商和顾客争执的时候，我们一直站在门口，耐心地等待着争吵结束。但是在警察提出指控后，夏洛克走上前，礼貌地对警察说："对不起，您的判断出错了。"

警员皱了皱眉。夏洛克走到窗前，蹲下身，从地板上捡起一根小小的鸽子羽毛。

"请问，当顾客进入商店的时候，窗户已经是开着的吗？"夏洛克看着店主问道。

"窗户是关着的。"珠宝商回答说。

"那是谁打开的呢?"

"他。"店主用手指指着那位小胡子买家说。

"这跟窗户有什么关系?!"小胡子生气地道,"是的,我确实要求打开窗户,因为店里很闷。那又怎么样呢?"

片刻之后,夏洛克回答道:"当珠宝商转身从架子上取下项链的时候,您从怀里掏出一只鸽子,并且把金戒指挂在了鸽子的爪子上,然后把鸽子从窗户里放了出去。紧接着您把手伸进口袋,掏出了一枚铜戒指,同时开始争辩,指责珠宝商欺诈顾客。"

"一派胡言!"小胡子愤怒道,"你别胡说八道!"

"这是证据。"夏洛克摇了摇鸽子羽毛,"您很可能是用了信鸽。经过特殊训练的鸽子能够飞行很远的距离。也许这只鸽子现在正在飞往伦敦或者约克郡的路上。信鸽都能回到自己的巢穴。在鸽舍旁,您的同伙们正在等待那只鸽子。我不知道鸽舍在哪里,但是戒指并没有消失,因为飞鸽不会丢失任何信物!"

听到夏洛克说完之后,那位小胡子先生皱起了眉头。"简直胡说八道!你这个小孩的想象力也太丰富了!"

"可我觉得这个小男孩说得有道理,"警察说,"那您如何为自己辩护呢?"

"我不打算为自己辩护!"小胡子不满地说道。

"那么我必须拘留您。请跟我到警局走一趟。"

但是，小胡子并没有服从警察的合法要求，而是撒腿冲向开着的窗户。我甚至还没来得及眨眼，他就已经越过窗台，跳到大街上，飞快地逃走了。

"抓小偷！"珠宝商大声喊着，这声音大到令我们震耳欲聋。

警察紧跟其后，也跳出了窗户，我追着警察，夏洛克紧跟着我……

逃犯最终没能逃脱，我们在街道的尽头追上了他。骗子被抓了起来并且被带到了警察局。

通过审讯我们得知，那个小胡子骗子是个外来人员。他坐火车从达灵顿市来到了皮克林，住在"老磨坊主"酒店里。警察在他房间里找到了鸽笼和装黍米的纸包。

在审讯期间，罪犯承认了一切。警察往达灵顿市发送了一封紧急电报，向当地警察局通报小胡子骗子的同伙们会在那儿等候信鸽。警察还向珠宝商保证一定会把戒指找到并物归原主。

福尔摩斯先生打算买一个镶嵌有祖母绿的银胸针，当作生日礼物送给福尔摩斯太太。珠宝商高兴地把胸针以半价卖给了老福尔摩斯。而夏洛克特地为自己的母亲创作了一首有趣的诗歌。

机械人

这是另一个关于阅读益处的故事，同时讲的是一本价值 3 便士的书让好人避免做出轻率决定的故事。

我不知道福尔摩斯先生是在什么时候、什么情况下与美国人霍普金斯成为朋友的，但是我对霍普金斯先生这个人记得非常清楚。他身材不高，但很结实。有一次霍普金斯先生来拜访我们，和往常一样，他受到了我们全家人的接待。福尔摩斯先生与这位美国人握了握手，并且把他介绍给自己妻子：

"维奥莱特，来认识一下我的美国朋友——霍普金斯先生。"

"女士，随时愿意为您效劳！"这位海外来宾龇着牙笑着对她说。

"这是我们的儿子，夏洛克。"父亲指着夏洛克说。

"你好吗，夏洛克？"

"一切都很好，先生。"

"夏洛克这个名字可真奇怪！"霍普金斯满是惊讶。

"夏洛克是个姓氏。约瑟夫·夏洛克是我儿子的堂外祖父。"福尔摩斯先生解释道，"在英格兰，使用姓氏作为名字的方式仍然很普遍。"

作为女主人，福尔摩斯太太为客人递了一杯茶。我必须说，福尔摩斯太太对喝茶非常认真。茶几上一定要盖一条雪白的亚麻桌布，桌布上摆着昂贵的陶瓷茶具。

"太美了！"坐在桌旁的霍普金斯先生称赞道，"我们在美国习惯了简单化的生活。这才是传统习俗啊！"

我们的客人吃了一块奶油蛋糕，我则躺在夏洛克的脚边打了个盹儿，却因此差点错过了最有意思的部分。

"您听到过有关机械人的谣言吗？"霍普金斯先生问，"没听过吗？那我来告诉你们吧！我第一次见到它是在草原上。当时，我站在山沟边观察机械人是怎么移动的，它体形巨大，至少有3米高，有时候它甚至可以旋转90°。所以当这个怪物朝我走过来的时候，我好像扎根在了地上一样，动都动不了……"

霍普金斯先生停顿了一下，他喝了口茶，然后偷偷地看了看听众们的反应，继续说："当机械巨人停在了距离山沟只有几步路的时候，我能更仔细地观察它了。它的头是铁做的，脸上涂着黑色的油漆。头顶上的管子里冒着蒸汽。它的双手就像是两个活塞，钉子从宽脚掌那儿突出来，使其更好地附着在地面上。铁巨人靠蒸汽的能量移动。蒸汽锅炉的位置相当于在人的胸膛处。锅炉所需的燃料存储在后面的马车里。一位受过专门训练的马车夫用缰绳控制着机械人。掌握了一定技巧后，操作起来很容易……"

霍普金斯先生又停了下来，喝了口茶润了润嗓子，他咳了一下，接着说道："机械人是由自学成才的工程师约翰尼·布雷纳德制造的。三年前，我和约翰尼成立了一家股份制公司，并打算出售机械人。约翰尼称它们为'蒸汽人'，但我更喜欢'机械人'这个称呼。福尔摩斯先生、太太，我想邀请你们成为我们的股东，"霍普金斯先生郑重地说道，"我保证，你们投资的每一分钱都将得到丰厚的回报。未来是属于机械人的！不需要为它们修路，同时它们的行驶速度可以和蒸汽机车相媲美，而且维护起来非常简单。你们拒绝我之前一定要三思啊，这可是个非常好的提议。"

福尔摩斯先生看着妻子。福尔摩斯太太微微点了点头，然后福尔摩斯先生说："需要多少钱呢？"

"你们现在投资得越多，以后赚的钱就越多。"霍普金斯先生笑着说。

"什么时候需要钱？"

"最好马上。最近几天，我要去美国，我们打算在那里建造工厂来生产机械人。"

"您能容我考虑考虑吗？"

"那您考虑考虑吧,福尔摩斯先生,我可以等到明天早晨。"霍普金斯先生把已经凉了的茶一饮而空,喝完后他把空杯子放在了桌上。

"要不再喝点儿茶吧?"福尔摩斯太太关心地问道。

"好的!"霍普金斯先生笑容满面地答道。

福尔摩斯太太给客人倒了满满的一杯茶,并且让凯特去厨房再拿一块蛋糕过来。夏洛克不经意地对父亲说:"爸爸,我可以问客人一个问题吗?"

"可以!"父亲点点头。

"先生,您喜欢看书吗?"夏洛克问。

客人脸上的笑容渐渐散去。"我有时候在闲暇时会看看书。"他谨慎地回答道。

"先生,那您看过爱德华·埃利斯写的《草原上的蒸汽人》吗?"

霍普金斯先生哆嗦了一下,一动不动地坐着,然后霍地站了起来,他从桌子旁闪开,习惯性地从身后掏出一把左轮手枪。

"所有人都坐着,不要动!"霍普金斯先生背靠在门上,咆哮着喊道。

现在是时候轮到我展现保护主人的能力了。我从桌下跳了起来,跳了两下就来到了霍普金斯先生旁边。我第三次跳起来的时候，咬住了他的膝盖。

霍普金斯先生惊声尖叫，这时他身后的门开了，凯特端着托盘走进了房间。托盘上放着的盛蛋糕的瓷碟子都掉到了地板上。凯特并没有慌慌张张不知所措，而是抡起胳膊使出全力用托盘猛敲他的头部。

左轮手枪从霍普金斯先生虚弱的指间掉了下来，他膝盖发软，毫无知觉地倒下了。骗子是无法逃脱的，我和凯特都不会放过他的！

我想你们已经猜到了这个骗局是怎么回事了。如果没猜到的话，那么我来解释一下。

霍普金斯先生效仿了美国科幻小说家爱德华·埃利斯在书中提及的对机械人的描述。这本书里讲述了狂野西部地区两个流浪者在一个蒸汽人社会中的旅程。而关于股份制公司以及建造工厂所需的资金，都是霍普金斯先生自己杜撰的。

我们把霍普金斯先生交给了警察。我对他未来的命运一无所知。但我认为他已经得到了一个很好的教训，而且会在监狱里蹲很长一段时间。

烂苹果

如果不算我们的园丁汤姆瞒着夏洛克父母偷偷教他一些爱尔兰拳击课，以及福尔摩斯先生偶尔陪着他下象棋的话，那么，可以说夏洛克对体育游戏是不感兴趣的。所以，我不记得他曾表达过想要打一局板球或羽毛球的愿望。

而更让人吃惊的是，他突然对即将在初秋举办的皮克林队和约克队之间的足球比赛产生了兴趣。

在我还小的时候，足球才刚刚开始流行起来，足球爱好者们成立的队伍如雨后春笋般出现在各个城市。而后不久，足球爱好者们就开始举办了首批比赛。

关于即将到来的这场皮克林球员与从约克市来的球员之间的比赛，夏洛克是在当地的报纸上读到的。那是一个星期日，我记得当时他的眼睛里闪烁着光芒，兴致勃勃地仔细读着报纸上的消息。然后，他扔了报纸，飞快地跑去找父亲。

夏洛克在马厩里找到了福尔摩斯先生——福尔摩斯先生正打算骑马。夏洛克跑得气喘吁吁,他喘了口气,问道:

"爸爸,我们要去看我们市的足球队和其他城市足球队之间的比赛吗?"

"足球是一项粗鲁无条理的竞技,"父亲英姿飒爽地骑在马上回答说,"观看成年男性踢球毫无意义,而且浪费时间。"

"会有一支很厉害的队伍从约克市过来,"夏洛克坚持道,"而且,我觉得,我们应该支持我们的足球队。"

福尔摩斯先生皱了皱眉头,哼了一声,若有所思地说道:"你认为,我们应该表现出我们的团结?"

"是的,爸爸!"夏洛克点点头。

"那好吧,就按你说的做吧……"

我听了父亲和儿子的对话之后,试着想象了一下什么是足球比赛。以前我一点儿也不了解这个比赛,所以当然了,我想亲自去看看。那个时候我是一只充满好奇心的小狗,对一切事物都很感兴趣。

离秋天还有一周。周一的时候我还记得足球的事,但周三前我已经完全忘记了这件事。因为我有了一件更重要的事情——追捕一只小猫。这只红色的小偷常常溜进我们的花园,我有责任守护自己的领地。

周日，当人类开始准备去城里的时候，我好不容易想起了今天在城里要举行足球比赛。一开始我不想去：我要守着厨房，守着正在厨房清理晚餐要用的鱼的阿加塔奶奶，但是夏洛克叫我了，我不能拒绝他。

为了举办足球比赛，人类在城市的郊区选了一个地方。他们提前标出了运动场地的边界线并且都聚集在附近，看着球门的搭建。

我们挤到了观众群的前几排，在那里可以清楚地看到足球运动员们正在把钉在地上的两根木棍间的带子拉紧。听说，当球从带子上面或下面飞过时，就算是进球了。说实话，我还是不明白什么是"进球"。

当另一边的球门准备好后，球员们就聚集在场地中央开始讨论比赛规则。

当时还没有统一的足球规则，每个城市依照各自的规则踢球。有的地方允许用手抓球，而有的地方严厉禁止这种行为。有的规定指出，出界球由先取回球的球员把球带回到比赛中，而有的规定则是要另一队的球员将球带回赛场。有时中场休息的时候两个队伍会互换球门，而有的时候又不这么做。诸如此类……总之，有些规则需要球员们争论一番。

经过半小时的激烈争论，足球运动员们终于就比赛规则达成了一致。两支队伍面对面站成一排，准备开始比赛。

所有外来的运动员都穿着统一的裤子、高至膝盖的袜子、颜色一样的上衣，戴着一模一样的帽子。而我们当地的足球运动员们则是各自打扮，盛装出席。

裁判在场地边摇了摇铃，比赛开始了。

来自约克市的客人们瞬间占据了主动权，他们旋风一般冲向我方的球门。他们追着球奔跑，用笨重的皮鞋踢赶着球向前，就好像是一群猎狗追在猎物后面。他们在我方球门旁停顿了一下，把球踢到了球门带子下方，还差点撞歪了球门柱子。

"0比1，我们处于劣势。"夏洛克情绪失落地说。我明白了，这个比赛的目的在于将球踢到两个柱子之间。

与此同时，比赛继续进行。我们的运动员们奔跑着向前进攻，就像参加战役一般。他们排成楔形队列，突破了对手的防守，并将球准确击中球门的基准线。

观众们为此兴奋地尖叫、鼓掌，我也大声地叫了起来，甚至连福尔摩斯先生都高兴地在座位上微微地跳了起来。

我喜欢上了看比赛。我用后脚掌站立以便更好地看球，我和观众们一起吼着、叫着，为我们队伍进的每一个球而高兴，也为错失的球而烦恼。

当裁判发出中场休息的指令，以便给疲惫的足球运动员们一些喘气休息时间后，夏洛克问父亲：

"爸爸，你有没有发现，当天空出现乌云的时候，我们就会得分，但若出现了一点阳光，我们的队伍就会失球？"

"我认为这是巧合，"父亲回答说，"比赛得分与否不能取决于天气条件。"

我抬起头望向天空，空中有朵乌云在风的推动下，正在悄悄地靠近明亮的太阳。

"我观察了乌云，"夏洛克说，"每次，当乌云……"

"我们过会儿再说！"父亲打断了儿子，"不要打扰我看足球！"

运动员们进入了场地，铃响了，比赛再次开始。

足球运动员们穿着笨重的皮鞋在疏松的土地上跑来跑去，用力踢球，观众们则不停地呐喊加油，激励运动员们。福尔摩斯先生喊得最大声，而且我们球队的每一次失误他都很难受。

福尔摩斯先生没有重视他儿子说的话，但是我开始更加频繁地抬头，我相信夏洛克发现的奇怪规律是真的。当乌云遮住太阳时，皮克林的足球运动员们冲向对手的球门，总能进球，而当风吹走乌云后，我们的选手就开始犯错失球。

比赛即将结束，目前比分持平。两队运动员们都在耗尽全力为最后的胜利做努力。所有观众都在屏住呼吸观看比赛，只有夏洛克跺着脚，转过头。在明亮阳光的照射下，夏洛克眯着眼，在场地的边缘找到了什么东西。

夏洛克突然离开自己的位置并穿过人群向外走去，我差点没能跟上他。我跟在他身后，钻过很多人类的脚，我跑出人群，看到他在一个小山坡上，那个方向刚好是对手球门所在的方向。

对手的球门后面有个小山丘，山丘上长满了高高的青草。陡峭的山坡上还长了几棵野苹果树。夏洛克正是朝着这几棵苹果树可劲儿地狂奔过去！

虽然刺眼的阳光晃了我的眼，但我还是注意到，在那棵最高的苹果树的叶子上有什么东西在闪烁，这东西亮到让我目眩！

我的眼前一片昏暗，所以很遗憾，我没有看清夏洛克是如何从地上拾起烂苹果，然后抡起胳膊把它扔进树枝茂密深处的。

刹那间从苹果树上跳下来一个人，他转身就逃跑了。

你们明白发生什么了吗？我一开始也不明白，直到夏洛克解释了我才搞清楚。原来，在苹果树的叶丛里藏着约克足球队的球迷。他的手上拿着镜子，当乌云没有遮住太阳的时候，他制造了太阳的反射光并且瞄准了我们选手的眼睛，选手们由于眼前什么都看不清，就造成了令人遗憾的失误。

带着镜子的那个人抱头鼠窜，还没跑到山顶呢，我们身后的观众就开始大喊"球进了"！

我们的足球队在最后一分钟踢进了决定性的一球，打败了约克队！如果你们想知道我的看法，那么我想说是夏洛克拯救了我们的队伍！可惜的是，他没有和任何人说这件事。如果换成其他男孩，肯定会毫无疑问地到处宣扬，但我的朋友夏洛克不是这样子的。真正的绅士向来为人谦虚，而非喜欢扬扬自得。

热气球

通常大家都会认为，远离大城市的地方不会发生什么有趣的事情，我坚决不赞同这样的观点。我和夏洛克之前经历过的事情足够被称作一场历险记。就拿一个关于热气球的故事来说吧，你们见过真正的热气球吗？我见到过，我甚至还知道它的构造设计。

凯特是第一个发现热气球的人。当时，她正在擦二楼的窗户，然后她突然张着嘴不动了。凯特甩了甩头，但是眼前的画面并没有消失。一个巨大的热气球在晴朗无云的天空中缓慢地飘浮着。

凯特惊慌了起来，很快房子里所有的人都纷纷来到花园，以便更好地欣赏这前所未有的景象。我们静静地站着，向高处望去。

与此同时，热气球开始下降。它整个表面都被绳子缠着，就像一条被网困住的鱼一样。往下看，气球的底部有个木环在摇摇晃晃，木环上面系了一个软柳枝编的篮子。这个篮子非常大，连人都可以装进去。

"我们看到的就是所谓的热气球,"福尔摩斯先生打破了沉默,"热气球是雅克·查尔斯设计的。"

"爸爸,你怎么知道设计师的名字?"夏洛克问。

福尔摩斯先生笑着回答说:"我年轻的时候有个朋友,他酷爱浮空飞行。所以有一次我和他结伴完成了热气球飞行。"

"你坐在热气球里飞啊!"夏洛克惊叹道。

"是的,儿子,"父亲点了点头,"我从鸟儿飞行的高度俯瞰地面,我还了解了一些热气球的构造。"

"你知道为什么热气球可以飞吗?"

"当然知道啊,儿子。第一个热气球是蒙戈尔费埃兄弟制作的,他们往气球里充了热空气。热气球可以飞起来是因为热空气比冷空气轻。后来他们往气球里注入了比空气更轻的气体,一开始是氢气,如果我没记错的话,后来氢气就被替换成了炼焦煤气。"

"爸爸,那你会操控热气球吗?"夏洛克立马提出了下一个问题。

"这不是件简单的事情,"福尔摩斯先生皱了皱眉,"在上面,也就是在热气球的顶端有一个专门用来放气的阀门。必要的时候拉动绳子就可以把它打开,然后热气球会慢慢下降。在紧急情况下,可以拉另一根绳子,这样的话在热气球的表面就会形成一道缝隙,有了这道缝隙,气体会释放得更快。通常在降落的时候,会把一根粗绳从篮子里扔出来，这条绳子叫作调节绳。绳子拖在地上，像刹车一样使气球停下来。如果要升高的话，那么就把篮子里的压载物扔掉——装满沙子或碎屑的麻袋……"

我听着福尔摩斯先生说的话，看着热气球降落。福尔摩斯先生提到的那个压载物把篮子拉向地面。感觉差一点点热气球就要掉落在我们头上了。

"不要担心，"福尔摩斯先生安抚着大家，"热气球会落在篱笆后面，不会威胁到我们。"

我不明白他是怎么猜出篮子会在那儿着陆的。

我被树和篱笆挡住了，没有看到降落的瞬间。篮子紧跟在热气球后面拖着前进了一段时间，但当我冲到大门口时，热气球已经悬停在了翻倒的篮子上面，就像个巨大的浮标一样。

老汤姆打开了大门，男人们朝着已经停下来的热气球走过去，而女人们则依然站在篱笆后面，担心地看着我们。

"所有东西都在——压载物、调节绳，"福尔摩斯先生确定地说，"但是飞行员在哪里呢？"

夏洛克弯下腰看了看篮子里面。

"儿子，你看到什么了？"福尔摩斯先生问。

"一双男士靴子和一件夹克。"

"靴子？"父亲惊讶地问。

"是的，爸爸。靴子鞋带是松开的，还有一件时尚的男士夹克，可能是飞行员的东西。"

"篮子里没有别的东西了吗？"父亲问道。

"除了靴子和夹克，没有别的了。"

福尔摩斯先生不相信夏洛克的话，他亲自往篮子里看了一眼。

"真奇怪，"福尔摩斯先生说，"鞋子还在，但飞行员不见了。他脱了外套，解开了鞋带，然后消失在了空中……"

"也许是他从篮子里跳出来了？"夏洛克推测，"他不想飞了，因为害怕，所以就跳到了地上？"

"那他为什么把外套和靴子都脱了呢？"

夏洛克只耸了耸肩作为回应。

阿加塔奶奶来到了我们身边。这位厨娘克服了恐惧，将鼻子凑到篮子里闻了闻。

"黑暗精灵惩罚了飞向天空的放肆之人，"阿加塔奶奶嘟囔道，"我和你们说真的，精灵把他抓到地下王国去了！天空不是该人类活动的地方！"

汤姆大怒，他朝阿加塔奶奶呵斥道："哎，你瞎想什么呢！哪有什么精灵，都是胡说八道！你最好离开这里，别在这儿碍事！"

老妇人也生气了，她小声地嘟哝着什么，然后走开了。

"必须向警察局报告热气球的事情，"福尔摩斯先生决定，"汤姆，你赶着马车去一趟城里，我们待在这里，在警察来之前要保留好现场。"

汤姆急忙去了马厩，我们则回屋了。老实说，我和夏洛克完全不想离开，但我们不想违背福尔摩斯先生的决定。

我们上楼去了夏洛克的房间，然后我们待在窗边，从那里可以看到像浮标的热气球和翻倒的篮子。

"约翰，你认为是什么原因迫使飞行员脱掉了外套和鞋子呢？"夏洛克问。

狗不穿鞋子，更不用说穿外套了，我哪知道人类为什么突然心血来潮呢？

"也许，他只是觉得鞋子夹脚了，"夏洛克大胆地猜测，"外套也很紧，所以他就脱了。"

不得不说，这个想法不错！我完全不明白，为什么人类要穿靴子，光脚走路多方便啊。比如说我，一辈子都光脚走路……

"我很好奇，扔在篮子里的靴子、外套和飞行员的消失有什么联系？它们之间真的存在某种联系吗？"

我很难跟上我这位朋友的思维，但我会尽我所能。

"在什么情况下人们会把鞋子脱掉呢？我们把这些情况都列举出来。首先，睡觉前；其次……嘿，约翰，帮帮我！"

天哪，我帮不了夏洛克。我试过了，但没有想到任何有用的东西。与此同时，这个问题的答案非常简单。

"人们在下水之前会脱掉鞋子！"夏洛克弄乱了自己的头发，他的眼里闪着光芒，"飞行员跳入了一个水域，他跳到了湖泊或者河流里。我们还需要知道他为什么要做这么危险的跳跃动作。"

这个问题真把我们难住了。有很多种可能的情况，但实际发生了什么，我们却无法推测。

傍晚时分，窗外的天色渐渐暗了下来。汤姆从城里回来了，他说警察明天下午会来我们家。吃过晚餐后，我和夏洛克去了花园，想要再看看热气球。

突然，我在那儿闻到了一个陌生人的气味！

我迅速跑开，朝着陌生人气味所在的大门口冲过去。我在篱笆的暗处看到一个人的身影，这个人勉强拖着步子，蹒跚地走到门口。他穿着衬衫、背心和紧身裤，但最奇怪的是，他没有穿鞋。

我大声叫了起来，然后陌生人停了下来。我一直叫着，直到夏洛克来到了大门口。

"先生，您有什么事吗？"夏洛克问。

"小朋友，帮我叫一下你的父母。"那个人回答完，就倒在了热气球旁边的地上。

夏洛克跑回屋，而我则留下来守着陌生人。我不安地用爪子刨着地，幸好我并没有等很久。夏洛克很快就带了父亲过来。经过简短的交流，我们了解到这个陌生人就是热气球的飞行员。

原来，飞行员从沿海城市斯卡伯勒出发，他打算乘坐热气球穿过英吉利海峡。但是风向变了，热气球被吹向了陆地。随着气流移动，热气球离海越来越远。狂风不断地将热气球吹向岛屿的深处，飞行员别无他法，只得向大自然的力量屈服。

英格兰的天气变幻莫测，飓风过后很快就又风平浪静了。热气球在空中飘浮，缓慢地飘过森林、湖泊和田野。飞行员从上往下看，想要寻找一处适合降落的地方——城镇、庄园或者是村庄也行。然而，就像老天故意和他作对一样，下面只有森林和田野。

最后，飞行员终于看到了一条河流，而且在河岸边有几幢小木屋和一些农民种菜的菜园子。他猛地一拉绳子，放出热气球中多余的气体，热气球就顺利地开始下降了。飞行员正准备扔下调节绳，他突然看到河里有个溺水的小孩子。

这个小男孩在河中央的船上玩。他瞧见天上有热气球，就看得入迷了，结果身子失去了平衡，从船上掉了下去。小男孩在河中央使劲挣扎，一会儿浮出水面上，一会儿又消失不见。

飞行员毫不犹豫地脱掉了靴子和外套，然后从高处跳进了河里。他险些丧命，但还是把小男孩救了上来。这位勇敢的飞行员把小男孩拉到岸上，然后把他带回村子里去找他的父母，最后才又出发寻找飞走的热气球。

飞行员在森林里走了很长时间，他穿过防风林，越过田野和小溪。路并不好走，与此同时，飞行员的体力也快耗尽了。但他是个意志坚强的人，终于好运降临，他追上了热气球。勇敢无畏和坚持不懈的人总是能达成既定的目标。

我们给英雄提供了住的地方。飞行员洗了洗，吃了点儿东西后就去睡觉了。第二天早上，我们帮他把热气球搬到马车上，然后把他送到了城里。

这件事到现在已经过去很多年了，但我对这位无所畏惧的人记忆犹新，不过我不太记得他叫什么名字了……好像他的姓氏是字母W开头的……稍等，我想起来了……对，没错！他叫作亨利·华生。

尼斯湖之谜

大人们认为孩子总是胡言乱语,即使孩子说的是实话,大人们也不相信,这对小孩子来说非常不公平。我现在给你们讲个故事作为例子。

1864 年,我们在苏格兰的洛赫纳富伊渔村里度过了夏天。这个渔村位于尼斯湖岸边。福尔摩斯夫妇俩带上夏洛克和我拜访了福尔摩斯家族的远亲——弗农·谢里登先生和他的妻子比阿特丽斯。

那一年的夏天极其炎热。太阳无情地烘烤着大地,我和夏洛克一直待在湖岸边寻找凉意,我们游游泳、看看渔船。

尼斯湖是苏格兰最大的湖泊之一。湖岸线全长 35 公里。据说它的深度达到了 250 米左右。我们还听说湖里有一只水怪。

水怪的事情是谢里登先生告诉我们的。我们抵达洛赫纳富伊之后,他立即自告奋勇地向福尔摩斯一家人介绍这个村庄和周围地区。我们漫步在羊肠小道上，朝湖边走去。

"夏洛克，你怕怪物吗？"我们在湖边停下来休息的时候，谢里登先生问道。

"我不害怕，先生。"夏洛克回答说，"大自然中是不存在怪物的。"

"洛赫纳富伊的居民们有着不同的看法。在当地有一个这样的传说：湖底生活着一条巨龙。它时不时地浮出水面或者爬到陆地上来。我问了这里的老人有关巨龙的事情，一半的人都声称见过它。老住户们的口中描述了一只巨大的动物，短尾巴，天鹅颈，小脑袋。"

"这些只不过是传说，"老福尔摩斯笑了笑，"我们的老厨娘阿加塔也相信各种各样的哥布林，还有像他们说的……"

"精灵。"夏洛克提示道。

"除了口头的故事之外，还有书面的证据。"谢里登先生补充说，"例如，某个丹肯·坎贝尔的故事，据称他在1527年看到一头从湖里爬出来的野兽，把一棵大树连根拔起。"

"太恐怖了！"福尔摩斯太太高声说。

"您亲眼见过巨龙吗？"夏洛克问。

"没有，我没见过。夏洛克，我同意你父亲的话。人们倾向于夸大其词。有时候还会把在浪涛中漂浮的圆木认成是怪物。"

"那书面资料是怎么回事呢?"夏洛克追问道。

"如果愿意的话,你可以在编年史中找到任何东西,"谢里登先生回答说,"还有飞船、魔法岛和喷火龙……"

"也许湖中有一只至今还活着的史前鳞甲类动物呢?"夏洛克说,"您觉得这可能吗?"

"我相信科学,"谢里登先生说,"科学表明所有鳞甲类动物在100万年前就已经灭绝了。"

夏洛克对水怪的故事很感兴趣,这一点儿也不奇怪。换作其他任何一个小男孩都会被水怪吸引,想要亲眼看看可怕的野兽。夏洛克一边沿着湖岸漫步,一边凝视蔚蓝的湖面数小时……

我和夏洛克整个夏天都在"猎龙"。我们爬上山丘以便获得更好的视野,我们在岸边寻找水怪的踪迹,但执拗的巨龙不想被我们看到。渐渐地,我们的热情开始减弱。有时候我们甚至忘记了湖泊的秘密,我们追着蝴蝶,在草丛中打滚,你追我赶地爬上光滑的大石头……

我们在8月19日看到了那条龙。这是偶然发生的。夏洛克懒懒地看了看水面,突然大叫:"约翰,快看!"

一个巨大的灰色东西在对岸徘徊,一会儿潜入湖里,一会儿又浮出水面。

尼斯湖长而狭窄——从这边湖岸到对面湖岸不超过6公里。我看到一个脖子灵活的庞然大物。但是，看了1分钟都没到，巨龙就躲进了沿岸的一堆石头后面。

小男孩迫不及待地要把自己的发现与大人们分享。我们冲进了村庄，跑进了主人家附近的花园，我们在那儿遇到了谢里登先生和福尔摩斯先生。

"我看见它了！"小男孩脱口而出，"我看到龙了！"

"别想了，夏洛克，你看错了。"老福尔摩斯不耐烦地撵走儿子。

"爸爸，我真的看见了！"夏洛克坚持己见。

但是谢里登先生和福尔摩斯先生都不相信他说的话。

"你看到的是幻象，"谢里登先生微笑着说，"你有着丰富的想象力。"

夏洛克差点难过地哭了。

"我发誓！我亲眼看到了龙！"

福尔摩斯先生皱着眉头："别开玩笑了，儿子。不然我要生气了，还要惩罚你撒谎。"

如果我会说话的话，我一定会支持夏洛克的。如果有两个目击证人的话，他们一定会相信的。但我是一只狗，我只能默默地同情我的朋友。

夏洛克沮丧地走进自己的房间，一直待到了晚上。当你说了实话，却被认为在撒谎的时候，是很悲伤的。而且，你越坚持自己的正确性，你看上去就越愚蠢。这简直太委屈、太不公平了！

一个星期过去了，有一天，夏洛克在花园里散步，他在凉亭里捡到了一张大人们遗忘的报纸。在报纸的最后一页，他发现了一篇小短文，他立即大声朗读道：

今年8月19日，一头受过专门训练的大象从克里莫先生的巡回马戏团中逃走了。这只动物在离逃跑地点18公里处，洛赫纳富伊村庄附近被发现了——它在尼斯湖里游泳。驯兽员们不得不使出全力将大象从水里引到陆地上来。

夏洛克立刻兴高采烈地拿着报纸冲向他的父亲。他在花园的另一边找到了自己的父亲。福尔摩斯先生正坐在躺椅上晒日光浴。

"爸爸，你看！"夏洛克把报纸放到父亲的手中。

"这是什么？儿子，你要干什么？"

"你读一读！就在这里，从这个地方开始读……"

"我一直以为大象不会游泳。"读完文章后，福尔摩斯先生惊讶地抬了抬眉毛。

"大象会游泳，爸爸！"夏洛克兴奋地说，"大象不仅会游泳，它们还可以在18公里开外就闻到水的味道。它们还可以把鼻子当作通气管，然后进行潜水。8月19号那天，我看到的是一头大象在游泳！我把大象和'水怪'弄混了，不过没有人相信我！"

福尔摩斯先生咯咯地笑了。

"儿子，我甚至都不知道该说些什么。我想我应该向你道歉。我行事太轻率鲁莽了，我还怀疑你说的话。请你原谅我。"

这个关于大象和"水怪"、真理与谎言的故事就到此结束了。我没有什么可补充的了。夏天结束了，我们也回家了。

惊喜盒子

我是一条聪明的狗，但我搞不明白是谁创造了冬天，以及他为什么要创造冬天。我不清楚寒冷是从哪儿来的，为什么会存在寒冷这种东西。为什么冬天太阳不暖和水还会结冰？雪是从哪儿来的？夏天难道比冬天更糟吗？当然不是！那么为什么要有冬天？谁能回答这个问题呢？

我不喜欢冬天。我不喜欢冷冷的冰雨、潮湿的雪花和长时间泥泞的道路。我也不喜欢湿滑的水洼——我的爪子会在冰上打滑。

有一次我不小心滑倒了，前爪扭伤了，而且很严重，以至于都无法着地了。于是夏洛克当机立断，带我去看了医生。

那天很倒霉，夏洛克的父亲外出不在，而他母亲感染上了风寒，所以没有出房间。趁着汤姆套马车时，夏洛克艰难地说服了福尔摩斯太太，允许他陪我去找杜立德医生。

我们的邻居杜立德医生非常与众不同。他是给动物看病的。杜立德医生多年来一直在非洲旅行，同时从事着医学工作。回到家乡后，他继续治疗患病的禽类、兽类。他是一个心地善良的人，从来不会拒绝任何人。无论是白天还是晚上，他医院的大门都一直敞开着。

在我们去看医生的路上，我趴在夏洛克的脚边轻声哀嚎。我的朋友安抚我，让我忍耐一会儿。他很担心我，我也强忍着疼痛希望自己能快点好起来。

我们一到医院，杜立德医生就出来迎接我们了。听完夏洛克的话，他抱着我，把我带进了房子里，他在屋里立即处理了我受伤的爪子。我有点害怕，但我仍然坚持着。只有一次我实在痛得受不了了，就痛苦地尖叫了一声，很快这一切都结束了。我不疼了，我痊愈了！

"你感觉怎么样，约翰？"杜立德医生问道。

我高兴地狂叫，跳起来舔了舔他的鼻子。我的这番感谢让医生大笑了起来。他给我吃了美味的骨头，给夏洛克喝了茶、吃了蛋糕。拒绝医生的好意是不礼貌的，所以夏洛克就坐下吃了起来。

我躺在壁炉旁啃骨头，幸运的是，我的牙齿没磕掉。我现在浑身轻松，一点也不疼了，我一边享受着火苗的温暖，一边啃着美味的骨头，同时我听着医生和夏洛克的谈话。

喝茶的时候，医生询问夏洛克他父母的健康状况现在怎么样。

在得知福尔摩斯太太感冒之后，医生给了我朋友一些预防感冒的有效方法。

"冬天你必须时刻注意自己的身体状况，"杜立德医生说，"没戴帽子就不能出门。如果你想上街，就得穿上外套。"

在医生提建议的时候，我感觉特别困。我啃完骨头后，就在火炉旁睡着了。我不知道睡了多久，等我醒了以后，桌上的茶碗已经不见了，而谈话还在继续。

"唉，我又糊涂了！"医生叹道，"我刚说了什么，夏洛克？"

"您开始说一个流浪汉了，他向您请求暂住一夜。"

"哦，是的！说到流浪汉了！夏洛克你知道吗，尽管他看上去穿得破破烂烂的，但他的行为举止很绅士。他当时非常冷，身子不停地在发抖，我当然让那个可怜的家伙进屋了。晚上他发烧了，其实也没什么，这是感冒的普遍症状。他躺了三天，然后慢慢恢复了。流浪汉勉强能站起来了，于是他就打算继续上路了，但是在离开之前，他给了我一个小盒子。他说如果一个月之内他没有回来取的话，那么我完全可以自由地处置里面所有的东西。"

"那流浪汉回来了吗？"夏洛克问。

"没有，"医生摇了摇头，"已经过去两个多月了，我也不知道该怎么处置这个小盒子。"

"您试着打开过吗？"

"盒子很神秘。盖子盖得很严实,既没有钥匙,也没有锁孔。很奇怪的东西。"

"我可以看看这个小盒子吗?"夏洛克饶有兴趣地问道。

"当然可以!稍等一下,我现在就去拿来……"

我对这个盒子的兴趣不亚于我的朋友夏洛克。我跑到桌子前,然后跳到椅子上,这时医生正好也从隔壁房间回来了。

"这就是那个盒子。"医生把盒子放在桌上说道。

夏洛克把盒子拿在手里,扭一扭、转一转,把它压在其他东西上——盖子下面发出了一声巨响。盒子打开了。夏洛克倒出一张已经变黄了的羊皮纸,上面密密麻麻地写了两行手写字母。

"这都写了些什么啊?"医生皱了皱眉,说道。

"我觉得这里的文字被加密了,"夏洛克说道,"您看,下面可以清楚地看到印刷的痕迹。"夏洛克把纸放到眼前,"如果仔细观察的话,可以看到两个骑士同骑一匹马的图案。我认为它是圣殿骑士团的印章。"

"谁?"医生惊讶地问道,他仔细地看了看那个印章。

"圣殿骑士。"夏洛克重复道,"第一批圣殿骑士很可怜,两个骑士只能骑一匹马。圣殿骑士团产生于12世纪,共历时两个世纪。在此期间,圣殿骑士变得富有起来,这使他们陷入了不幸。

法国国王腓力四世觊觎骑士团的宝藏。于是国王找了个莫名其妙的借口粉碎了骑士团，但他没有找到金子。圣殿骑士的宝藏也就这样消失得无影无踪了……"

"好厉害！"医生大叫道，"你从哪里知道的，孩子？"

"从书里面，"夏洛克谦虚地回答道，"书中写道：一小队骑士从贪婪的国王身边逃走了。圣殿骑士来到英国，为苏格兰统治者罗伯特·布鲁斯服务。假设骑士们成功地从法国取出了圣殿骑士团的宝藏，那么或许在羊皮纸上可以找到圣殿骑士团藏宝的地方。"

"真是个诱人的猜想，"医生赞同道，"但是这有什么用呢？该怎么弄清楚这里写的是什么？"

"这不难。"夏洛克微笑着说道，"圣殿骑士使用了埃特巴什密码。他们用字母表上的最后一个字母代替了第一个字母，用倒数第二个字母代替了正数第二个字母。比如说用字母'Z'代替'A'，用字母'Y'代替'B'。埃特巴什密码是相对简单的一种密码。如果您给我墨水瓶、笔和纸的话，我可以试着去解密。"

夏洛克对破解密码简直是信手拈来！好奇心让我的朋友成为一个真正的破密专家，而这项本领是由夏洛克的哥哥麦考夫激发的。

继神秘盒子之后，桌子上又出现了一支钢笔、一个墨水瓶和一沓书写纸。在近半小时里夏洛克的笔一直在沙沙地响，他写下了对应的字母。这是一个乏味且艰苦的任务，但夏洛克并没有抱怨什么。

他是个很有耐性的男孩子。

在他解码时，我和杜立德医生就在那里等着。我不知道杜立德医生在想些什么，但我想的是圣殿骑士的黄金能买到多少好吃的食物。

"好了，文本破译了，"夏洛克放下笔说道，"纸上写着：在穿越沙漠之前，要把水烧开，冷却后取自己所需的量。不要喝生水，你会得救的。关于黄金和宝藏的事情，很遗憾，纸上没有提及。"

"你确定没搞错吧？"杜立德医生担心道。

"是的，当然没搞错。"夏洛克点了点头，"圣殿骑士团的秘密之一被加密写在了羊皮纸上。骑士们都参加了十字军东征。他们在穿越沙漠的过程中不得不忍受着无法忍受的口渴。与开水不同，炎热天气下的生水会迅速变质。在中世纪，很少有人知道，储存沸水是最明智的做法。所以当其他的骑士还在因口渴而痛苦时，圣殿骑士们却能一直喝到冷却了的开水。"

杜立德医生显然很难过。他可能梦想着用圣殿骑士的黄金建造一个大型兽医诊所。而关于"水要烧开之后喝"这件事，没有任何提示他也知道。但我一点儿也不难过！我有吃有喝，有个栖息之地，还有一个很好的朋友，最重要的是——我很健康。除此之外，我还需要什么呢？所以我没什么好抱怨的！

我们跟医生告别后就坐上了马车。汤姆用鞭子赶着马车，我们启程回去了。我的朋友对他自己不仅破解了密码还揭开了盒子的秘密感到很满意。如果夏洛克满意的话,那么我也很满意。毕竟,英雄所见略同嘛。

送给彬格莱太太的花

下面这个故事也是关于密码的。更准确地说,是关于一种不寻常且非常稀有的密码的。我敢肯定,你们以前从未听说过。但我们得按顺序来讲故事!首先,我要从一位陌生女士给福尔摩斯先生的一封神秘来信开始说起。

邮递员的出现总会使福尔摩斯一家热闹起来。当亲朋好友寄来信件后,福尔摩斯一家都会翻来覆去地读好几遍。邮件服务的价格是由信件里纸张的数量决定的,因此,邮递员经常用对折了两次的、盖了戳的信笺来代替信封。

有时候,为了节省纸张,信的文本是交叉书写的,先横着写,然后竖着写或者斜着写。为了使信件读起来更方便,富有创造力的英国人使用了不同颜色的墨水。蓝色墨水竖着写,黑色墨水横着写,反之亦可。

邮递员特别恭敬地把放在信封里的、贴有真正邮票的一封信交给收件人。

我清楚地记得邮递员送来了一个厚纸信封,信封上标明了地址,角上还有一张显眼的邮票。我也记得邮递员有多么小心翼翼地处理这个信封,以及当老福尔摩斯念到寄件人名字的时候有多么惊讶。

"朱莉娅·彬格莱是谁?维奥莱特,你认识她吗?"

"不认识,"福尔摩斯太太说,"会不会是他们搞错了地址?"

福尔摩斯先生递给妻子一个信封,信封的正面有一行黑色笔写的字。

"收件地址霍尔哈顿庄园,收件人威廉·福尔摩斯先生,寄件人朱莉娅·彬格莱。"福尔摩斯太太读了这行字后又把信封还给了福尔摩斯先生。

福尔摩斯先生撕开信封,拆开后从里面拿出一张对折了的白色纸张。他把纸展开,仔细地读了起来。

这封信至今仍然保存在福尔摩斯先生的办公桌上。尽管墨水和纸张都已经褪色了,但文字还是依稀可以辨识。

尊敬的威廉·斯科特·福尔摩斯先生:

先生,请原谅我的无礼,我擅自决定给您写了这封信(我就不正式向您介绍我自己了)。我很抱歉,但我认为只有您才能帮助我摆脱最近困扰我的疑虑。

为了不占用您太多时间，我恳请您在方便的时候光临我的寒舍。请您不要觉得我无礼，但是如果您愿意和您的小儿子一起来的话，我会特别感激您。

期待我们能见面。

请接受我最崇高的敬意！

寡妇朱莉娅·彬格莱

福尔摩斯先生读完信中的文字后，面临着一个艰难的选择。作为一个真正的绅士，他无法拒绝这位女士，但是要让他带着儿子一起去，他对这个请求犹豫不决。经过短暂的思考，他做出了让步，他决定带着夏洛克一起去见彬格莱太太。福尔摩斯先生打算第二天就去上门拜访。于是他让马车夫上午10点前来接他们。

在出发前一天，我享用了一顿丰盛的晚餐，还差点睡过头没赶上出发的时间。我在马车动身的最后一刻跳上了踏板。我跑得上气不接下气，就连呼吸都有点困难了。去皮克林的一路上，我一直都绕着夏洛克的脚边打转，想让自己趴得舒服一点。我刚找到舒服的位置，马车就停下了。

彬格莱太太的房子离市中心不远，就在步行街上的第二个街角处。福尔摩斯先生礼貌地敲了敲门。等了一分钟之后，门开了。一位身穿褶边条连衣裙的胖老太太站在门后。

"先生们，你们找谁？"老太太笑着问道。

"下午好，彬格莱夫人。我叫威廉·福尔摩斯，您写过信给我……"

"啊，我太高兴了！"那位女士轻声说道，"您来了啊！您带着儿子一起来了啊！我太感谢您了！快请进！要喝茶吗？哎哟，这是您的狗吗？你叫什么名字呀，小狗？"

彬格莱夫人滔滔不绝，不停地讲话。我们和她一起走进客厅。父子俩坐在柔软的椅子上，而我则挨着夏洛克的脚，躺在地板上。

喝完茶，彬格莱女士终于谈起了正事。

"先生，您的住址是警察告诉我的。有个认识的警察告诉了我有关您天才儿子的事情，他说您的孩子帮助警察揭露了欺诈者并将戒指归还给了珠宝商，还说了您孩子怀疑魔术师是催眠师的事情。警察不想听我的控诉，他们认为我在胡说八道，觉得我疑神疑鬼的。他们完全不顾我的精神状态和焦虑感，我唯一的希望只在您天才儿子身上了。不然我也不知道该怎么办了，我不知道还能求助谁。也许您的儿子能够解决困扰我许久的疑惑。"

彬格莱夫人的话使夏洛克感到不好意思了起来。他红了脸，低下了头。

"您有什么事呢？"福尔摩斯先生问道，"什么事情让您感到困惑了？"

"我担心杰克逊先生的生命安全,他突然失踪了。杰克逊先生是我的租客。我的房子很宽敞,我不想一个人孤零零地住着,就把房间租出去了。杰克逊先生预付了一年的房费。他只住了不到一个月,就突然消失得无影无踪。他是位诚实、知识渊博、受过良好教育的绅士,我怀疑他有了麻烦。"

这时夏洛克也不再不好意思了,他问道:"杰克逊先生是做什么工作的?"

"他是研究鸟类的。他整天在周围徘徊,观察鸟类。他说他写了一篇关于英格兰北部鸟类的生物专论。"

"您发现杰克逊先生失踪有多久了?"老福尔摩斯对此感兴趣地问道。

"上周二……还是上周三?没错,是上周三!上周二,邮递员还送来了鲜花……哦!我忘了告诉你们一件很重要的事!和花有关!自从杰克逊先生租了我的房间以来,就有人开始给我送花。刚开始,邮递员送来了一束红色的百合花,一周后他带来了一束黄色的秋海棠,在杰克逊先生失踪的前一天,送来的是豌豆花。这很奇怪,对吧?杰克逊先生失踪后,我就再也没有收到过花……"

"杰克逊先生看到过这些花吗?"夏洛克又问了一个问题。

"他当然看到过。他还经常开玩笑问这花是谁送的。我无法说什么。因为我不知道是谁送给我的。"

"真是一个有趣的故事,"福尔摩斯先生说道,"我怀疑我的儿子能不能把这件事弄清楚。您可以再联系一下警察，寻找失踪的人是他们的职责。也许杰克逊先生只不过是在追寻一些稀有鸟类时，在附近迷了路。"

"但是警察不想听我的控诉，我跟您说过的！"

"我陪您去，"老福尔摩斯从椅子上站了起来，"我和您一起去警察局，强烈要求他们组织搜寻小组。"

马车停靠在了警察局附近，在接下来的一个小时中，我和夏洛克一直待在马车里。福尔摩斯先生信守了自己的承诺——警察保证，搜索小组会尽快成立的。老福尔摩斯从警察局出来后对此次成功的谈判感到非常满意。

回到家后，夏洛克立即去了我们的图书馆。我很不情愿地跟在他身后，我躺在图书馆门口伴着树叶的沙沙声睡着了。

夏洛克响亮的笑声把我吵醒了。他坐在那儿看书，脸上渐渐洋溢起了幸福的笑容。

"我猜到了。是花束，约翰！一切都与花束有关！更确切地说，一切都和送给彬格莱太太的花有关！"

我们身后的门吱呀一声轻响，原来是福尔摩斯先生打开门看了我们一眼。

"夏洛克，你去哪儿了，该吃晚饭了。"

"爸爸，我知道杰克逊先生失踪去了哪里！"男孩大叫道，"他逃到国外去了！"

"别闹了，快洗洗手来吃饭。"

"听我说，爸爸！我不是在开玩笑！杰克逊先生是间谍，我可以证明这一点！当我第一次看到《拿着粉色康乃馨的陌生男人》的肖像时，我就想知道为什么这张画上画的是粉色康乃馨而不是其他花。于是我在图书馆里找到了夏洛特·德拉图尔的《花语》。这本书写于1818年。在翻阅这本书时，我了解到了每朵花都有自己秘密的含义。比如说，粉色康乃馨意味着这个人已婚，红色三叶草象征着热情，雏菊象征着耐心，高山玫瑰是警告他人'要小心'，而紫罗兰则表示'一起冒险吧'。这看起来就像密码一样！人们借助鲜花可以交流，共享信息，还能下达命令。"

"你是一个求知欲很强的男孩，"福尔摩斯先生点了点头说道，"但是间谍和花有什么关系呢？"

"花是给杰克逊先生传递的加了密的信息！陌生人给彬格莱夫人只送了三束鲜花：红百合、黄海棠和豌豆花。红百合花的意思是'我们不会见面'，黄色的秋海棠的意思是'当心'，豌豆花的意思是'快跑，您有危险'。我认为杰克逊先生故意冒充生物学家。他用研究鸟类的生命状态为借口，在附近徘徊，并且在地图上标明了重要的战略目标。当他接到逃跑的命令时，他就立即消失了。"

"你觉得花是谁送的呢？"

"另一名间谍也藏在这座城市里。而且我知道如何才能找到他。我们需要联系花店,然后问问是谁为三束鲜花付的款。"

老福尔摩斯皱了皱眉。

"也许你是对的,夏洛克。花店应该知道是谁送了花束。"

"爸爸,我们必须向警察报告间谍的事情!而且越早越好!"

"别着急,夏洛克。时间还来得及,一夜之间不会发生什么。明天我去市里打听有关送花人的信息。"

"我可以和你一起去吗?"

"不行,你不能去。明天你要上音乐课,你记得吗?"

"我记得,爸爸。"

"好的。现在去洗手吃饭。"

音乐老师普季林先生一个星期来我们家教夏洛克拉小提琴一次。

福尔摩斯夫妇为儿子选择了一位俄罗斯音乐家作为小提琴老师,这绝非偶然。他们喜欢俄罗斯。夏洛克的奶奶是法国艺术家埃米尔·让·霍勒斯·韦内特的亲姐姐。这位著名画家曾多次访问过令他取得巨大成功的俄罗斯。他收到过来自王室的订单,并且光荣地完成了这些订单。为此,尼古拉一世授予了霍勒斯·韦内特好几个勋章,同时赐予他享受俄罗斯世袭贵族的待遇。

普季林先生是第一个注意到夏洛克拥有侦探能力的人。正是他建议夏洛克发展自己的聪明才智的。

普季林先生的弟弟伊万被认为是俄罗斯帝国最好的侦探。伊万·普季林像夏洛克这么大时，就已经培养了自己的调查能力。最后，他也取得了巨大的成功……

第二天，夏洛克简直度日如年。他在演奏小提琴时一直跑调，还总是看时间。福尔摩斯先生一大早就到城里去了，大家以为他会在午饭前回来，结果他到了傍晚时分才回来。

夏洛克跑出来迎接他的父亲。

"爸爸，你搞清楚间谍的名字了吗？你没惊动他吧？你把间谍的信息告诉警察了吗？"

"别激动，儿子。没有什么间谍。彬格莱太太的花是街道附近的面包师送的。没有什么秘密的信息。面包师对彬格莱太太有好感。他想要追求彬格莱太太。这位面包师是一个很不错的人，并且烤的馅饼也很美味。"

几天后，杰克逊先生也被找到了。杰克逊先生和所有的生物学家一样都神经大条，他忘了提前告诉彬格莱太太，他要去伦敦参加短期生物会议的事情。

是的，所有人都会犯错，这是常有的事。夏洛克也不例外。在我的记忆中，这是他第一次弄巧成拙。我想，他也会因为自己犯错而闷闷不乐的。

所有人——不分男女老少，都是靠吃一堑长一智，让他们在失败的经历中获得经验，才变得更加谨慎、更加聪慧的。这就是世界的运作方式，任何人都无法干预或改变。

秘密的事情

现在,我要告诉你们一个发生在我们去度假途中的故事。这是一件秘密的事情。福尔摩斯夫妇、夏洛克和我都答应过要保守这个秘密。但是,自那时起已经过去了很多年,此刻我想冒险违背这一诺言。

这个秘密是关于贵金属的。这是一种神奇的金属,就像是银子似的,不仅分量轻,还带有光泽。

这件秘密的事情要从火车车厢旁的站台上开始,这列火车从皮克林开往位于北海边英国东海岸埃克斯河口处的惠特比市。在惠特比发现了有益健康的矿泉水水源后,这座度假城市就变得非常受英国人欢迎。

我们已经把东西放好了,福尔摩斯太太待在车厢里,而我、夏洛克还有老福尔摩斯则去站台上透透气,呼吸呼吸新鲜空气。

我喜欢站台的混乱感。我一直喜欢观察神色焦急的乘客着急慌忙的模样，还有神情严肃的售票员沉着冷静的模样。车站里有一种独特的氛围，就像是在假期前夕一样。

我首先看到的是一个拿着盒子的小女孩。她走在站台上，不断地超过提着大行李的人，头还不停地朝四周转动，观察迎面走来的人。她手里拿着一个用灰纸包裹着的小盒子。

小女孩走上前和我们并排站在一起，她停了下来，问福尔摩斯先生："先生，您坐到终点吗？"

福尔摩斯先生敷衍地点了点头。

"先生，我求求您，帮帮忙！火车快要开了，但我没有买到票！请您帮我把这个包裹转交给我的父亲吧！他会在惠特比火车站等我。求求您了！"

小女孩把盒子强塞给了福尔摩斯先生，并且像只喜鹊一样开始叽叽喳喳地说个不停：

"先生，我父亲的右眼戴着黑眼罩，您很容易就能认出来。这个包裹是给我妈妈的。可怜的妈妈生病了。我在盒子里放了药和药草……"

这个令人厌烦的小女孩突然放声大哭，眼泪顺着她的脸颊就往下流。

"别担心，小姑娘，我会完成你的请求的。"福尔摩斯先生安抚着小女孩道。

"谢谢您,先生!您是一位真正的绅士!"

售票员让刚上车的乘客回到自己的座位上坐好。我们走进了车厢,那位脸上满是泪痕的小女孩仍然留在站台上。火车开动后,她还不停地朝我们挥手作别。

没有什么是比乘火车旅行更好的事情了!我喜欢车轮有节奏的敲击声、车窗外迅速掠过的风景以及呜呜的汽笛声。我站起身,兴致勃勃地看着窗外的景色,听着福尔摩斯先生告诉妻子关于自己和小女孩的对话。

"亲爱的,我无法拒绝她,"老福尔摩斯说,"她毕竟遇到了麻烦,我有义务帮助她。"

"亲爱的,不要自责,"福尔摩斯太太回答说,"你做得对。帮助他人是我们的义务。"

火车提速了,窗外的丘陵、田野和草地都一闪而过。我们得在车厢里待一整天。因为按照时刻表来看的话,火车要在傍晚时分才能到达惠特比。

从皮克林到惠特比的铁路于1836年5月开通。刚开始的时候是马拉着车厢,仅仅过了10年,蒸汽机车就把马匹给取代了。我特别喜欢坐火车!如果我是人类的话,我要在铁路上当一名火车司机!或者至少要当一名售票员……

在路上的一天不知不觉地一晃而过。我们在终点站下了车后，做的第一件事情是把我们的行李交给搬运工，之后，福尔摩斯先生开始四处张望，寻找一个右眼戴着黑眼罩的人。

我们跟着搬运工走到站台尽头，而后进入车站大楼，终于看到了一个和小女孩描述相符的男人。那个戴着黑眼罩的独眼男人比我想象的要年轻得多。在我看来，他更适合做小女孩的哥哥而不是父亲。

福尔摩斯先生走向那个独眼男人，把盒子递给他，然后礼貌地说："先生，有人托我把这个盒子转交给您。"

"让您受累了！"独眼男人微笑着接过盒子。

包裹刚刚落到独眼男人的手中，门就立刻砰的一声关上了。一队警察从站台方向冲入车站大楼。

"您被依法拘捕了！"长官挥舞着手里的木棍，边跑边大喊道。

转眼间，警察们就发现了独眼男人身边还站着福尔摩斯先生。独眼男人想要逃跑，但他立刻被绑了起来。四个身材魁梧的警察包围了我们全家。他们抓住了福尔摩斯太太的胳膊肘，抓住了夏洛克的袖子，还抓住了我的狗项圈。这一切发生得太快了，我连叫都没来得及叫。

所有人都被带到了警察局——警察局就在车站大楼里。我们一排人坐在长椅上，然后长官开始说话了。

"你们中有人要自愿认罪吗？"他挥着警棍问道。

被扣留下来的人都默不作声。

"你们被指控从维多利亚女王陛下的私人房间里偷取宝藏，"长官严厉地看着我们说，"我们知道从你们那里缉获的包裹中有属于王室的珠宝。"

长官放下警棍，把包裹放到桌子上，慢慢地打开包装纸。纸里面藏着一个小小的金属盒。长官打开盖子，把盒子里面的东西倒了出来，但里面没有什么宝物，只有两个药瓶子和一束有香味的药草滚到了桌子上。

长官皱着眉，注视着空盒子。他的脸上满是惊讶。

"皇家宝物在哪里呢？"长官茫然地低声说道。

"我不明白您在说什么！"独眼人大喊一声，"难道我看起来像是个侵占了女王宝物的小偷吗？长官，我要求道歉！"

长官不知道该怎么回答。这时夏洛克说话了。

"对不起，先生，"夏洛克对警察说，"我觉得，失窃的宝物不应该在盒子里面找，而应该在外面找。制成盒子的金属材料重量轻，颜色和银类似。我不太确定，但这种金属很有可能是铝。"

警察满怀希望地看着夏洛克，让他继续说。

"铝比黄金贵得多。据说，有一位法国末代国王非常富有，其他君主都很羡慕他穿着带有铝制纽扣的背心。众所周知，拿破仑三世曾经举办了一场宴会，在这场宴会上只有最尊贵的客人才能使用铝匙和铝叉。而其余的客人用的是普通的金银餐具。现在，只能在伦敦庞德街的珠宝店中看到铝。当今只有王室和美国富人才能买得起铝制首饰。"

听完夏洛克的话，警察问："这是真的吗？"

"是真的，先生，"夏洛克点了点头，"这都是我从书上和报纸上看来的。我们只需要确定被盗的皇家宝物是什么材质的。如果真的是铝制的，那么小偷可以将其熔化并轧成铝片，然后把它制成盒子。警察在寻找皇家珠宝，但没人在寻找铝盒。这样就可以安全地把它运走，一个盒子是不会引起注意的。"

夏洛克的结论使警察感到困惑，也激怒了独眼男人。

"我怎么知道盒子是用什么材料做的？"收到包裹的人愤怒地说，"证据呢？怎么证明盒子是铝制的？"

"会有证据的，"警察保证地说，"我们会对盒子进行检测的。"

独眼男人紧张地摇了摇头，黑色的眼罩滑落了下来，我发现在眼罩下，他第二只眼睛是完全健康的……

警察很快找到了我们这列车厢的售票员。售票员听到了小女孩在站台上说服福尔摩斯先生转交一个包裹，他证实了我们全家的清白。

在我们被释放之前,我们承诺,王室珠宝失窃的事情将成为一个秘密。我一直信守诺言,保持沉默了很多年。

　　但最近我偶然听到铝开始急剧贬值了,因为人类建了很多铝厂。而且,我认为我的读者们会很想知道,这种金属在什么时候被认为是一种贵重金属,国王们引以为傲,对此赞赏不已并且趋之若鹜。因此,我决定违背这一诺言,我一点也不后悔。

弹簧腿杰克

虽然霍尔哈顿庄园离皮克林有16公里远,但是我们也已经都知晓了一则最新的消息。通常情况下,普季林先生来教夏洛克学音乐时,会告诉我们一些城里发生的事情。在皮克林确实很少发生特别值得注意的重大事件。就算真的发生了些事情,也都是各种各样鸡毛蒜皮的小事,比如说,一辆马车在路中间抛锚了或者闪电击中屋顶了。没有人料到,有一天皮克林会陷入真正的恐慌。

城里出现了弹簧腿杰克的这个消息是凯特告诉我们的。她去皮克林看她姐姐,她从那儿回来时把这个惊人的消息告诉了我们,大家都感到非常震惊。

"弹簧腿杰克三天前袭击了我的表妹玛丽·库珀!"凯特心里满是恐慌,磕磕巴巴地说道,"他跳过栅栏,把玛丽吓了个半死。"

"可怜的玛丽!"福尔摩斯太太倒抽了一口气。

"警察知道这次袭击了吗?"福尔摩斯先生皱了皱眉。

"警察正在全城搜寻,"凯特回答说,"据说,昨天晚上有人在公园街和格林霍华德路看到了弹簧腿杰克。城市居民们不敢在日落后出门。晚上,街道空无行人。"

"弹簧腿杰克是谁?"夏洛克问。

大人们没有回答夏洛克的问题。住在霍尔哈顿庄园的人们被恐惧所支配。福尔摩斯先生去了一趟书房,没过一会儿就带着枪走了出来,而福尔摩斯太太则吩咐下人们把房子里所有的护窗板都关上。

"爸爸,告诉我到底发生什么了?"夏洛克坚持道。

"回你的房间里去!"父亲严格地说道。

"妈妈,我不明白……"

"照你爸爸的话去做!"福尔摩斯太太打断了夏洛克的话。

我和夏洛克去了他的房间,一直在那儿坐到了深夜。夏洛克急躁不安,他不时地走到窗户跟前,透过护窗板的缝儿看看拿着枪的福尔摩斯先生和老汤姆一起在花园里巡逻。

天黑了,这时门吱呀一响,福尔摩斯先生肩上扛着枪走进了房间。

"儿子,我来告诉你有关弹簧腿杰克的事情。"福尔摩斯先生疲倦地挨着小男孩坐到他的床边,"弹簧腿杰克是一个特别神秘的生物，他可以在空中行走，还可以跳得非常高。1837年秋天，弹簧腿杰克第一次在伦敦出现。在一个漆黑的夜晚，他从城市贫民窟里凭空冒了出来，然后一下子跳过高墙，随后袭击了路人。"

福尔摩斯先生停顿了一下，给儿子留出时间去理解他所说的话。沉默片刻后，他继续讲道："起初警察并没有认真对待有关弹簧腿杰克耍把戏的消息。但有一次，当警察亲眼看到弹簧腿杰克轻轻松松地跳过三米高的墙壁后，一切都变了。关于弹簧腿杰克凶猛袭击的流言很快就传到了报社，伦敦市长约翰·科万先生写了很多信件去描述这一邪恶生物的暴行，大街小巷都在谈论弹簧腿杰克。很快，弹簧腿杰克就开始出现在其他地方。消息来自英格兰各地。惊慌的居民们自发组织起了护卫队。有一次，甚至就连惠灵顿公爵也亲自骑马出来参与寻找飘忽不定的杰克！"

听完这个怪物的事迹后，我吓得两腿发抖。但夏洛克却相反，他不再急躁。福尔摩斯先生说完之后，夏洛克的眼中出现了强烈的好奇，他对此很感兴趣便追问道："爸爸，弹簧腿杰克长什么样呢？"

福尔摩斯先生思考了片刻，再次说道："目击者对弹簧腿杰克外表的描述各不相同。大多数目击者声称这是一个高大的人形生物，尖耳朵，指尖有金属利爪，还有一双如火焰般的红眼珠子。杰克穿着防水的黑色斗篷，斗篷下穿的是紧身衣，头上戴着类似头盔的东西。"

福尔摩斯先生从床上起身，整理整理枪，然后在离开之前，他说："我能猜到你在想什么，儿子。我也怀疑杰克的真实性。但是事实胜于雄辩，我必须采取一切必要的防护措施来保护我们的家庭。"

"你担心弹簧腿杰克会来找我们吗?"

"谨慎一点总是好的,"父亲搪塞地回答说,"明天早上,我会让汤姆到城里去买新出的报纸。我们需要确切地了解皮克林的情况,以及报社人员对弹簧腿杰克的报道。"

当晚,我没睡好。我梦到了这个可怕的怪物,它在花园里追着我,就像我追着从我们厨房里偷鱼吃的红猫一样……

我差点忘了!唯——个为这件事情感到高兴的人是厨娘阿加塔。老太太第二天一直在反复说:"看哪,这就是你们不相信神灵、不相信妖魔鬼怪的惩罚。"但是我们没有听阿加塔奶奶的话,我们等待着汤姆从城里带回一叠新出的报纸。

买报纸并没有那么容易,汤姆必须排长长的队。报纸的需求量很大,大家都想读一读关于弹簧腿杰克的报道,来让自己的神经缓和一下。

午饭后,汤姆回来了。福尔摩斯先生把自己锁在办公室里,研究新出的报纸。随后他沮丧地离开了办公室。

"没什么具体的东西,"福尔摩斯先生叹了口气,"只不过是一些猜测和推理。一个目击者也没有,完全是报社记者的想象以及城市不同地区流传的有关弹簧腿杰克的谣言。除了玛丽,显然没有人真正见过杰克。"

慢慢地,这件事舆论的热度逐渐消退,这使霍尔哈顿庄园的居住者们稍稍地放心了,但夏洛克除外。他抽出会儿工夫,溜进厨房,再次让凯特详细地讲述她表妹被弹簧腿杰克袭击的事情。凯特起初再三推辞,但夏洛克坚持要她再讲一遍,最后她还是同意了。

"玛丽在一位富人家做帮厨,"凯特开始向他讲述道,"晚上,她和朋友们一起出去散步。街上阴沉沉的,还有丝丝凉意。天太冷了,于是她们决定回家了。为了抄近路,她们走了一条荒凉的小路,也就是在那里她们遇上了一个'幽灵'。这个'幽灵'一下子跃过篱笆,突然出现在她们面前。玛丽吓得呆若木鸡,她大声尖叫着,而她的朋友们撒腿就跑。人们朝尖叫声跑去,但在这之前'幽灵'早就已经消失得无影无踪了。"

"'幽灵'看起来是什么样子的?"夏洛克问道。

"她们只看到他整个人裹着类似白床单一样的东西。"

"有人注意到他消失的方向吗?"

"谁还顾得上这个呀。玛丽差点晕过去,幸运的是,还好有人在附近!"

谢过凯特后,小男孩回到了自己的房间。他把门关紧后,开始在房间里走来走去。几分钟后他突然停了下来,问了我一个问题:

"约翰,你都听到了吗?凯特一个词也没有提及弹簧腿杰克!对'幽灵'的描述跟对弹簧腿杰克的描述是不一样的!"

还真是这样,夏洛克是对的!玛丽没看到什么黑色斗篷、尖耳朵还有利爪!为什么每个人都认为这是弹簧腿杰克呢?是谁想出来的?

"约翰,我觉得弹簧腿杰克这件事是报社的人发布的谣言!人们信以为真了!谣言在城市各处散布,居民们疑神疑鬼的,恍惚觉得在每个角落都能看到杰克,恐慌也随之而来了!是报社的人小题大做,夸大其词。仅此而已!"

夏洛克找到破绽了!但是,该怎么办呢?差点把玛丽吓死的"幽灵"在哪里呢?

"你知道吗,约翰,我觉得他只不过是想捉弄捉弄玛丽。这个人披上床单,想要和她们开个玩笑。"

我找不到任何辩驳他的理由。

一个星期过去了——夏洛克大胆的假设得到了证实。警察调查清楚了这个爱恶作剧的人的底细。

原来,是一个和玛丽·库珀在同一位富人家做马倌的男孩子。他是一个相貌平平的男孩子,女佣们一直嘲笑他。这个小伙子就生气了。他稍稍动了动脑筋,想到了报复女孩子们的办法。接下来发生的事情,你们也已经知道了。

这就是全部的故事了。唯一要补充的一点是,报社社长利用大家对弹簧腿杰克的兴趣,从中赚了大大的一笔,报纸的发行量猛增,打破了有史以来的纪录,而这个爱开玩笑的蠢东西自己也没料到会变成这样……

偷狗贼

这次我要讲一个漫长而又错综复杂的故事。这个故事讲述的是我被人偷走的事情。为了让我的故事浅显易懂,我不得不求助于人类。我为什么要这样做,你们很快就会明白的,不需要任何提示。

第一章　麻袋里的狗

从本质上来说,我是一条善良的狗,但我不喜欢猫,尤其是那只溜进我们厨房的红毛猫,它弄倒了装有鲜鱼的桶,叼走了一块肉,之后就跑掉了。

第二个星期,那只红毛小偷居然戏弄我。我想要抓住它,但都以失败告终。它逃跑时,故意东跑跑西跑跑,结果我跟丢了它,在花园里的搜寻最终也是无济于事。

但是今天我很幸运！我尾随着红毛猫，重复它所有的动作。我绕着花园追捕小偷，它这次跑不掉了！

这只猫像颗红色的子弹一样快速地奔跑，毛茸茸的爪子蹂躏着花坛里修剪整齐的玫瑰，它消失在高高的草丛里，沿着草地飞奔，它大概知道自己逃不掉了，却不打算投降。

红毛小偷企图迷惑我，它一会儿朝右边跑，一会儿朝左边跑，一会儿又躲在树后面，换方向跑，但它所有的假动作和小伎俩都是在做无用功——我们之间的距离每秒钟都在减少。

离花园周围的篱笆只有不到 5 米了。这只猫向上一跃，一下子就跳到了篱笆外的马路上。好吧，我被篱笆拦住了，不得不从篱笆中间挤过去。

我们狗比猫更能吃苦耐劳。如果我没有闻到烟草的味道的话，我一定会追上这个小偷，并且好好地揍它一顿。

离马路不远的灌木丛里传来一股呛鼻的烟草味。这种味道让我的鼻孔发痒，而且浑身无力，最后我不得不停了下来。

有一个男人躲在灌木丛里！我闻到了他身上的汗臭味和顽固污渍的味道。这个男人潜伏在茂密的灌木丛中，正在等待着什么……

我眼睁睁地看着那只猫溜走了，于是我坐在地上，稍稍缓了缓，然后我小心翼翼地走向灌木丛。我朝着那股难闻的气味走去。

不然的话，我根本无法行动！我是狗，我的工作就是完成保卫任务。我必须弄明白是谁躲在篱笆后面以及这个人为什么要躲在篱笆后面，以便在必要时发出警报。而红毛猫的事情不着急，可以再等等。明天我再找它算账，它哪儿也跑不了……

我稍稍弯曲爪子，慢慢地、无声无息地靠近灌木丛。我在这里停了下来，我听到：风吹着草儿沙沙作响，小鸟在枝间飞来飞去——没有什么可疑之处。我弯着身子，爬进灌木丛。

茂密的植被干扰了我。我眯着眼睛，肚子贴着地上干燥的叶子往前爬。我越来越靠近那令人讨厌的气味。爬到最后，我看到了一个人。

这是一个50岁左右、衣衫褴褛的男人，他浓密的胡须，似乎从未打理过一样。他坐在灌木丛深处，左手倚在地上，右手握着一个绳圈。

我还没有搞清楚怎么回事，绳圈就套在了我的脖子上。这个衣衫褴褛的人把绳子猛地一拉，绳圈就束紧了，我的眼前立马一片黑暗。我竭尽全力张开嘴巴，咬住了那只伸向我的邪恶之手。这个衣衫褴褛的男人尖叫了一声，又把绳索收紧了一点，迫使我松开了牙齿。

这个陌生人抓住我的项圈，把绳索从我的脖子上摘了下来，将软绵绵的我放到了一个麻袋里。他用绳子熟练地把袋口系好，然后从地上站了起来，把袋子背到背后，穿过灌木丛离开了。

我听到树枝的断裂声，意识到了绑架者要把我带去别的地方。我缩在麻袋里，吠叫着，试图咬破麻袋，我尽力抵抗了！但是绑架者一点也不在意我。他抓到我之后,急着远离福尔摩斯家族的庄园……

第二章　园丁汤姆的叙述

我不会耍嘴皮子。如果我说错话了,请你们原谅我。我没有经过训练,我不会说好听的话,这对我毫无用处。我只会告诉你们我记得的事情,以及曾经发生过的事情……

天黑之后,我去了马厩看看马匹。我看了一眼——夏洛克正在朝我走来。他手里拿着灯笼,在寻找什么东西。

"什么东西不见了?"我问道。

他回答说:"约翰不见了。"

我挠了挠头说："等一下，我好像今天见到过约翰。它在追一只红毛猫。这只猫偷了厨房里的一块肉。它们穿过花园，跑到了篱笆旁。"

夏洛克停了下来问我道："汤姆，你还记得是在哪里吗？"

"我记得，"我说，"跟我来吧，我指给你看。"

我把夏洛克带到了篱笆旁。这是我最后一次见到约翰的地方。

夏洛克点亮了一个灯笼，弯下腰，开始寻找狗的踪迹。我们的夏洛克是个眼尖的小男孩，他很快就找到了踪迹，然后钻出了篱笆。而我则绕过大门，走到了外面。

我走出大门，只看到点点灯光。带着灯笼的夏洛克已经钻进了路边的灌木丛里。

"怎么样？"我问道，"找到什么了吗？"

他回答说："我还在找……"

我停了下来，等着夏洛克从灌木丛里钻出来。他在那里待了很长时间，他出来后就立马开始研究这条路。他把灯笼放在一旁，四肢着地，然后把鼻子直接凑到路面上。

"你在找什么？"我好奇地问道。

他回答说："脚印。"

"谁的脚印？"我问道，"猫的脚印还是狗的脚印？"

"不，"他说，"一个男人的脚印。"

"什么男人，"我问道，"他是谁？"

"这个男人，"他说，"把约翰给偷走了。"

我挠了挠头，我想：麻烦总是不请自来。如果夏洛克说的是对的，那我们就大事不妙了。我们再也见不到我们的狗了，我们可是一直都把它当作自己的顺风耳啊。

"夏洛克，"我说，"你确定没弄错吗？"

"没有！"他肯定地回答说。

"好吧，"我说，"那我们接下来怎么办呢？"

"这样吧，汤姆，"他说，"你套上马车。我们去城里，救约翰。"

夏洛克从地上站了起来，拿起灯笼，朝家里跑去。而我则去马厩套马车。只不过我们没有马上离开去城里。因为福尔摩斯先生让我们等到早晨再出发。他说，晚上在城里什么都做不了，况且时间还来得及……

第三章　监狱里的狗

　　我在绑架我的这个男人背后的麻袋里待了一个永恒那么久，至少我是这么认为的。起初，我是又踢又叫，后来我停止了这些无用的挣扎。我决定节省力气。我希望当他把我从麻袋里放出来的时候，我还能有力气挣脱逃跑。

　　绑架者把我带得离家越来越远。有时候他会停下来，把麻袋放在地上，坐下来休息几分钟，抽抽烟，然后起身再次上路。我不知道他要带我去哪里。我害怕地想象着这条路的尽头会有什么在等着我。未知的事物使我恐惧，我的身体在发抖，心里在打颤。

　　这个衣衫褴褛的男人渐渐开始疲惫。他因为我的重量而开始发出呼哧呼哧的声音，而且他的胡须里一直有东西在咕噜咕噜响。我吸入了很多灰尘，开始咳嗽，为此我被绑架者打了一拳。

最后我们终于到达了目的地。我听见生锈的铰链嘎嘎作响。大门吱呀一声打开了，我们开始往下走，走到了一个寒冷潮湿的地方。那人随意地把麻袋从肩膀上扔了下来，我背部朝地，摔在石地板上。有东西在叮叮当当响，他把我抬了起来，然后把我从麻袋里抖进了一个笼子里。

唉，要是我来得及在笼子关上之前，从笼子里跳出来该多好啊！但是，可惜了，这个衣衫褴褛的男人知道他该做什么——他把锁给锁上了，我的鼻子撞到了笼子的铁条上。

绑架者从地板上捡起袋子，转身沿着台阶朝出口走去。直到大门在他身后关上，我才开始检查这个地方。没错，不是全部——只是地下室的一部分被淹没在了黑暗中。

是的，这是一个地下室。一个黑暗潮湿的地下室，这里塞满了大大小小的笼子。这些笼子一个个地堆在一起，数量很多，但几乎都是空的。

门关上了，我独自待在黑暗中。我试图让自己舒服些，就把尾巴靠在铁条上。这个笼子适合饲养小兔子，但对像我这样大小的狗来说实在是太小了。

我躺了下来，将头靠在脚上，大声地叹了口气。我的未来依然是模糊不清的。我在哪里？为什么把我拖到这里？我要在这里待多久？这些是我大脑中产生的问题……

突然我听到了沙沙声！……出现幻听了吗？……不是幻听，左边角落里又有声音传来了……又像是有人在移动……

我抬起头，小声地叫："嘿……这里有人吗？"

沙沙的声音停止了，有人回答了我："有……"

"你是谁？"

"我是一条腊肠犬，我叫埃尔维拉。"

"我叫约翰，是一条苏格兰梗。"

"你也被抓了吗？"

"是的。"

"我也是……"

"我们在哪里？"

"我们在监狱里……"

"在监狱里？……你确定吗？"

"是的。我们在狗的监狱里……"

这个消息让我大吃一惊！为什么要把我抓进监狱？我有罪吗？……不，这不可能！腊肠犬肯定搞错了。

"你知道吗，我觉得我们不在监狱里。"

腊肠犬不说话。

"嘿！你能听到我说话吗？……"

"能听到。"

"我说，我们不一定是在监狱里。"

"那你认为我们在哪里？"

"我们在地下室里。"

"我们在笼子里。"

"是的，在笼子里。那又如何呢？"

"只有监狱里的囚犯才会被关进笼子。"

"不全是这样的！"

"你在想什么，我们就是在监狱里！……"

实际上，它这么说是有原因的。但是通常只有罪犯才会被判入狱。而且根据法院的判决，只有警察才有权把罪犯关入大牢，而不是什么衣衫褴褛之人。

"埃尔维拉，你来这里很久了吗？"

"第二天……"

"你是在哪里被抓的?"

"在城里。我和女主人在一起散步,我跑到了拐角处,一个可怕的人就把我塞进了麻袋。"

"他并没有那么吓人。我还咬了他的手呢。"

"你可别是在说谎啊?"

"我为什么要说谎?我把他咬得大喊大叫。"

"你可真勇敢。"

陌生腊肠犬的赞美让我想要安慰它:

"别担心,埃尔维拉!很快我们就会自由的,你可要瞧好了!我的朋友夏洛克一定能找到绑架者。我向你保证。"

"你确定吗?"

"当然了!你知道他有多聪明吗?你再也找不出第二个这么聪明的小男孩了!你就耐心地等等吧,夏洛克会找到我们的。"

"你的朋友是男孩子吗?"

"是的,是个男孩子。他是全世界最聪明的男孩子!他不会扔下我不管的,他一定会救我们出去的。"

"我不相信！"

"要不要我来给你讲讲我和夏洛克是如何捉住了一个打算骗珠宝商钱的坏人？或许你想听听我们是如何协助警察，找回了维多利亚女王的珠宝？还是想听听我们是如何寻找圣殿骑士的宝藏？"

"你们找到了吗？"

"什么？"

"你们找到圣殿骑士的宝藏了吗？"

"嗯，没有完全找到，不过这个故事很有趣……"

于是我开始讲故事了。我讲得非常详细，所有细节都没落下。我讲了圣殿骑士团的金子，讲了气球，讲了铝盒子。讲完关于弹簧腿杰克的最后一个故事后，我打起了瞌睡。这是非常艰难的一天，我很快就睡着了，睡得不省人事……

开门的嘎嘎声把我吵醒了，阳光照射着我的眼睛。我回过头去，看到绑架者来到了地下室。他不是一个人来的，有一个中等身材的中年绅士跟在这个衣衫褴褛的男人后面。他们俩走到我的笼子跟前，然后绑架者指着我说："先生，这是您需要的狗。纯种苏格兰梗，猎狐必不可少的帮手。"

"你从哪儿弄来的？"这位绅士问。

"是我在大街上捡的，先生。"这个衣衫褴褛的男人撒谎说道。

"真的吗？"

"这对您来说有什么区别呢，先生？如果您不想买的话，就别买了。"

"多少钱？"

"付多少钱都是值得的。"

"把狗皮带拴上。"

绑架者朝我笼子的方向弯下身子，他打开锁，拉开栅栏。为了防止被咬，他还戴了副皮手套。他熟练地将皮带拴在我的项圈上，然后抓住我的后颈，把我提起来放在地板上。

"它是您的了，先生。"这个衣衫褴褛的男人把皮带交给绅士，"您不会后悔的，先生。对我来说，最重要的就是把狗交到像您这样的好人手里。"

这位绅士把手伸进口袋里去掏钱。他紧紧地抓住皮带，还把皮带缠绕在手腕上以确保安全可靠。三枚银币从买家保养得很好的手中落到了卖家的脏手心里。这个衣衫褴褛的男人咧着嘴，露出了满意的笑容。

"谢谢您，先生，您真是个好人！"

买家拉了拉皮带，然后带着我朝出口走去。走近台阶时，我转身大叫：

"别害怕,埃尔维拉!夏洛克会来救你的!"

埃尔维拉胆怯地叫了两声。

把我买走的这位绅士又拉了拉皮带,我跟着他沿着台阶向上走了出去。

第四章 福尔摩斯先生的叙述

我想说得十分简短。坦白说,我不愿回忆我和夏洛克去城里寻找约翰的那个倒霉日子。

一开始,我打算去报社登广告,无论是谁,只要能找到并且把狗归还给我们,我们都会重金酬谢,但夏洛克劝我直接去警察局。

在警察局里,我向值班警员描述了我们的问题,然后我们被送到了警长那里，我又叙述了一遍我们的问题。警长听完后，疲惫地说："您也不是第一个控诉狗丢失的人了。"

"上周，帕特森先生的斗牛犬被偷走了；三天前，詹金斯小姐的腊肠犬失踪了。有可能这些案件都是出自同一个人之手。"

我问道："警察有在寻找偷狗贼吗？"

"是的，福尔摩斯先生。"警长回答说，"但遗憾的是，我们不知道偷狗贼长什么样子。他极有可能偷了狗之后再出售。失踪的都是纯种狗，你们也知道的，这种狗是很贵的。福尔摩斯先生，我们会尽力寻找您的狗，但我们无法保证一定能找到。"

我正打算要离开警察局的时候，我的儿子突然说话了。

"先生，我可以描述出偷狗贼的长相，"夏洛克说，"他是个上了年纪的人，身高 1.8 米左右。身材肥胖，体重约 86 公斤。他有一头灰白的长头发，可能还留着胡子。他穿着深褐色的衣服，又脏又旧。脚上穿着一双磨偏了的大头皮鞋。他抽烟斗，而且烟的味道很冲鼻。他的手前不久被狗咬了，所以手上还有狗的牙印。"

夏洛克说的话让我和警长都非常惊讶。我惊讶的程度比警长略微好点。因为我早就习惯了我的小儿子有时会说些奇怪的东西。

"小伙子，你看见他了吗？"警长对此很感兴趣，"你目睹了全过程吗？"

"没有，先生。"夏洛克摇了摇头。

"那你怎么知道偷狗贼长什么样子？"

"我研究了他留下的痕迹。我根据步长来计算他的身高，根据脚印的深度来计算大致的体重。我找到了他的长发和衣服上的破布，以及烟草碎屑。"

"你为什么说他是个上了年纪的人？"

"先生，他的头发是白的。"

"你怎么知道他手上有伤口？"

"地上有一小滴鲜血，不仔细看完全看不见。很显然，是约翰咬了他。"

"你叫什么名字，小伙子？"

"我叫夏洛克，先生。"

"你知道吗，夏洛克，你相当准确地描述了其中一名嫌疑犯的长相，身高、体重还有其他方面都惊人地吻合。我们应该立刻就去找他……"

我们和警察立即动身前往犯罪嫌疑人所在的城郊。半个小时后，我们到达了他的居住地。这是一幢普普通通的建筑，屋顶破旧不堪，外边两扇门摇摇欲坠，一扇通往地下室，一扇通往起居室。

警长拉了拉地下室门的门把手，发现它上了锁，于是他一脚踹开了通向房间的门。

越过门槛后,屋里传来令人恶心的烟草气味,地板上散落着剩菜剩饭,房间里光线昏暗,环境恶劣。

一个身材矮小、头发斑白、胡子拉碴的男人,穿着一件很久都没洗过的棕色西装,走了出来。

"你们找谁?"吸烟成瘾的房主用嘶哑的声音问道。

"把你手伸出来看看,查理。"警长要求道。

"为什么?"胡子拉碴的男人不同意。

"按我说的做!"警长高声说。

胡子拉碴的男人伸出双手,在他的左手掌上清晰可见有狗的牙齿印。

"你被什么给咬了,查理?"警长问。

"有只狗杂种昨天在街上乱跑,还咬了我一口。"

"别装傻了,查理!快说,你偷来的狗都在哪里?"

"先生,我不明白您在说什么。"嫌疑人很愤慨,"您在说什么狗?我连自己都养不起,更别说养狗了。"

"搜他家!"警长对警员说。

警员开始搜索了。他们毫不客气地在肮脏的破烂中翻来翻去,他们搬开不结实的家具,搜寻了阁楼……但是,警方找不到任何能表明房子里有狗的证据。

我们离开了闷热的房间，门在我们身后关上了。警员们看上去都很累。警长很生气。我担心我的儿子，当然，我也担心约翰。

夏洛克看上去很沮丧。他低垂着头，脸色苍白。我拍了拍他的肩膀，想让他振作起来，但是他避开了我，朝锁着的通往地下室的门走去。

"你们听到了吗？"夏洛克把耳朵贴在地下室的门上说，"是狗的声音！有一只狗在地下室里叫！"

警察们又精神抖擞了起来。警员们把胡子拉碴的查理拖出了房间。警长粗略地检查了一下他的口袋，发现了一把钥匙和三枚银币。警长用钥匙打开了地下室的门。

"约翰！"儿子边喊边朝地下室跑去，"约翰，你在这里吗？"

地下室里有很多笼子，显然是为狗准备的。所有的笼子都是空的，只有一个笼子里有一只腊肠犬在狂叫着……

胡子拉碴的查理拒绝回答警察的问题，我们也无从得知他把我们的狗藏在了哪里。

我们空手而归，心痛不已。我可怜的儿子失去了一个朋友，我什么都做不了，无法抚平他的悲伤。每个人都应该独自经受失去的痛苦。

第五章 奔跑中的狗

在地下室的出口处,一位车夫坐在马车上正等着我们。我的新主人拉了拉皮带,迫使我跳进马车里。车夫用鞭子抽打了昏昏欲睡的马,于是马车出发了。

车轮碾轧在下面的铺路石上嘎嘎作响,马车沿着弯弯曲曲的小路向前走着,我们经过了破旧的木制建筑和有豁口的长篱笆。不久,城市街道就被我们抛在了身后,马车驶入了田野。

又亮又圆的太阳悬挂在地平线上,预示着又是炎热的一天。把我买走的那位绅士把手放在膝盖上,双腿交叉盘坐在擦得锃亮的坐位上。他紧紧地抓住皮带,为了以防万一,他还将皮带缠绕在手腕上,并时不时地看我一眼。他笑了笑,对自己买到的狗感到十分满意。他喜欢我顺从地躺在他的鞋子旁,而不是试图挣脱皮带。

人类认为自己比狗聪明，这完全是白费心机。在必要的时候，我们狗也知道假装，而且装得一点儿也不比人类差。以我为例，我很早就猜到马车要去哪里。显然，我们要去穿着时髦靴子的这位绅士的庄园。而且，看样子，去那儿的路还挺长的。

我们头顶炎炎烈日，早已没有了早晨的凉意。车夫擦去额头上的汗水，责骂着无精打采的马儿，还把鞭子抽得噼啪响。尽管车夫努力地在赶车，但马车还是走得很慢。

夏天的炎热和马车有节奏的晃动逐渐让我的新主人昏昏欲睡。他打了个瞌睡，慢慢地松开了皮带，导致皮带从他的手腕滑落了下来……好了！现在该采取行动了！要么现在，要么永不！

我绷紧肌肉，集中精神，四脚一蹬，跳到了地上。皮带从绅士的手中滑落，就像气球的绳子一样跟在我后面。

我以特快的速度逃跑了。我把胸部埋在绿草中，每一次跳跃都离道路更远一点。我身后有两个声音在喊，一个是车夫，另一个是绅士。他们声嘶力竭的喊叫就像鞭子一样催促我跑得更快。就像被开水烫了一样，我跑上山坡，越过山顶，从山的另一面跑了下去。

我一口气穿过了山后面的田野。以前，我从未参加过任何狗的比赛，但如果这个时候举行比赛的话，那我肯定会获得一等奖。田野后面是森林。跑到森林的边缘后，我气喘吁吁地倒在了一棵枞树下，躺了整整一分钟。休息好之后，我继续朝森林深处跑去。

他们沿着一条陌生的道路把我带出了市区，但我记得通往霍尔哈顿庄园的方向。我急着赶路，不顾脚掌的疼痛，拼命向那个方向跑。

与此同时，随着时间的流逝，炎热逐渐消退，但我仍然无法离开森林。当太阳落入地平线后，我意识到自己迷路了。

黄昏笼罩着周围的一切，我感觉自己四肢无力，一点也动不了了。皮带挂在了树根上，我又渴又饿，几乎已经处在绝望的边缘了。突然森林变得稀疏，树木让出了一条道路，我跑出了森林，来到了一个空旷的地方。

周围的风景对我来说似乎有些陌生。我嗅了嗅，闻到了一股烟的味道。右边的某个地方是一个村庄。那里炊烟袅袅，人类正在准备晚餐。我因为有了希望而欢欣鼓舞，急忙朝着烟味跑去。

跑了大约1.6公里后，我意外地看到了一个红色斑点。我以为是只狐狸，所以决定把自己藏起来，等它过去之后再继续前进。有时候狐狸会和狗打架，这是常有的事。我已经没有力气打架了，所以我认为躲在高高的草丛中是个明智的选择。

很快，我就意识到自己错了。黑暗跟我开了一个恶意的玩笑，我把狐狸和猫给弄混了。这个红色斑点就是昨天从我们厨房偷肉的那只红毛猫。你们知道我有多高兴吗！

红毛猫体态优美地经过我的身边。我抬起头，叫住小偷："你好吗，红毛？"

红毛猫哆嗦了一下，吓得毛都竖了起来，眼睛瞪得圆溜溜的。看见我之后，它像箭一般飞快地跳到最近的一棵树上。没一会儿，猫就已经在俯视我了。

"你好啊,红毛。"我朝树下走过去,"听着,我有个建议:你告诉我如何能尽快到达霍尔哈顿庄园,我们之间的恩怨就一笔勾销。"

红毛猫怀疑地看着我。

"你在骗我!"它说道。

"听着,红毛,我迷路了。我很累,想要回家。如果你能带我回家的话,我们以后就是朋友了。"

红毛猫"哼"了一声:"从来都没听说过猫和狗还能做朋友的。"

"你别瞎想了。你搬来和我们一起住吧。你可以捉老鼠,阿加塔奶奶会给你提供食物。一日三餐都有——早餐、午餐和晚餐。你以后也不用偷吃了。你觉得怎么样呢?"

红毛猫想了想,挠了挠耳朵,喵喵叫着说:"我不喜欢狗。"

"我也不喜欢猫。"

"我们无法和睦相处。"

"为什么不试一试呢?"

片刻之后,红毛猫无奈地叹了口气:"你看看周围,看到山顶上有一棵树的那座山了吗?上山之后,立即左转,你就能看到一条路，路后面就是福尔摩斯家族的庄园。"

"谢谢你，红毛。"

"不用谢……"

当我走到霍尔哈顿庄园的大门时，太阳早已没入了地平线。我从篱笆条里钻了进去，一瘸一拐地朝房子走去。我累得东摇西晃，勉强拖着腿向前走，那该死的皮带不断地钩住所有的东西。

夏洛克坐在前门附近的台阶上。他独自一人，低着头，坐在黑暗中，看上去既悲伤又孤独，我的心也跟着揪紧了起来。如果我是人类的话，我会号啕大哭的。

"汪！"我大叫着冲向我的朋友。

"约翰！"夏洛克一跃而起，朝我跑了过来。

夏洛克把我抱到怀里，笑着把鼻子埋进我的卷毛里。

"你去哪儿了，约翰？！我找了你好久！我担心死你了！……哎哟！约翰，这皮带是哪儿来的？你发生什么了，伙计？"

如果我是人类的话，我会把自己的不幸经历告诉我的朋友。但是，唉，我只是一条狗。我只能舔了舔夏洛克的鼻子，幸福地依偎在他身旁。

从那时起，我们再也没有分开过。我们在一起度过了很多年。请你们相信我，这都是美好的岁月！

你们好呀，我亲爱的读者们！我答应过你们要继续讲述我朋友经历过的一些不可思议的冒险故事，我做到了！

但是我要先说一说关于我自己的情况。我叫约翰·加弗，是一只纯种苏格兰梗，我是夏洛克最好的朋友。我住在霍尔哈顿庄园，这是我最爱的福尔摩斯家族的领地。我已经老了，但是我的记忆犹新。在此我向你们郑重承诺，我在这本书中所写的都是实话。我们狗可不像人类那样爱说谎。

我要告诉你们的这些事情发生在我和夏洛克共同度过的一个美好的夏天和秋天。那个时候，夏洛克已经长大了一点，他变得更成熟，也更聪明了，但仍然是个孩子。是我认识的孩子中最聪明的一个……

祝你们阅读愉快，也希望我不会辜负你们的期望。

菲利莫尔先生的神秘案件

那天天气晴朗,阳光普照,我们全家都沐浴在阳光中,晒着日光浴。一家之主福尔摩斯先生舒服地坐在花园空地上的摇椅中,懒洋洋地翻阅着昨天的报纸,时不时地打个盹儿。福尔摩斯太太坐在郁郁葱葱的丁香丛下的长凳上,做针线活儿。她在白色的布巾上绣一朵玫瑰。我在追着蝴蝶跑,而夏洛克则躺在草地上。

福尔摩斯先生从睡梦中醒来,懒懒地翻着报纸。报纸最后一版上的消息吸引住了老福尔摩斯的注意力。

"夏洛克,"父亲对儿子说,"你会对这件事很感兴趣的。报纸上说有一个人失踪了。"

老福尔摩斯清了清嗓子,开始念这则消息:

"昨晚,有三位绅士来到皮克林警察局报警,他们说詹姆斯·菲利莫尔神秘失踪了。据三位绅士称,菲利莫尔先生出门后,忘了带雨伞,于是他回家取伞,却没想到消失在了自己宽敞的公寓里。警察局拒绝对此神秘事件发表评论,他们只是声明正在对此事进行调查。"

夏洛克立刻跳了起来。

"爸爸,他们检查菲利莫尔先生的房间了吗?警察对公寓进行搜查了吗?"

"报纸上没有说到这件事。"

"一个人不可能就这样无缘无故地消失了!"

"我也这么认为。但是,报社的人显然有不同的想法。"

"在哪里可以了解到这件事的详细信息呢?"

"明天我有事要去趟城里,如果你愿意的话,可以和我一起去。老实说,我也很想知道一个人在自己家里消失之后,会去哪里呢。"

这天剩下的其余时间里,夏洛克都在沉思。菲利莫尔先生的谜团一直困扰着他。第二天早晨,天还没亮,老汤姆就赶着马车过来了,我们坐进马车,朝市里的方向驶去。

福尔摩斯家族的霍尔哈顿庄园距离我们的目的地皮克林仅仅16公里。汤姆驾着马车,车轮嘎吱作响,我趴在夏洛克的膝盖上,很快就睡着了。等我醒来的时候，面前出现了一座小山，绿色的山顶上还有一片古老城堡的废墟。马车翻过小山，进入了皮克林市里。

我们轻而易举地就获知了菲利莫尔先生的居住地址。第一位迎面而来的卖报人告诉汤姆路该怎么走，我们在5分钟之后就到达了那里。

在失踪的菲利莫尔先生家附近，有一位警察独自一人站在那儿，他看上去很无聊。我们朝他走过去，福尔摩斯先生礼貌地向他问好。

"早上好，先生。我姓福尔摩斯。我和我的儿子夏洛克对菲利莫尔先生的命运很感兴趣。报纸上说他消失得无影无踪。请问，还没找到他吗？"

警察看着男孩说道："您刚才说他叫什么名字？他叫夏洛克，对吗？孩子，我听说过你的名字。你想成为一名侦探。这是真的吗？"

"是的，先生。"警察的问题让夏洛克感到非常不好意思，他低下了头。

"我不能谈论此事，但是，先生们，我可以给你们破个例。你们别出卖我，好吗？"

福尔摩斯先生急忙向这位刚认识的警察保证，他一个字也不会泄露出去。警察这才开始讲述这个故事。

据该警察称，菲利莫尔先生在早春的时候来到了这座城市。没有人知道他来自何处，但他出手阔绰，挥金如土，并且很快就和所有富人成了朋友。当他把钱都花完了之后，他就开始借钱。他从熟人那里借了一大笔钱，一开始说不必急着归还，可后来，他的债权人出尔反尔了。这位债权人找上了门，要求菲利莫尔先生立即偿还所有欠款。作为回应，菲利莫尔先生提议让债权人和他一起去银行，把他的积蓄取出来还债。出门后，菲利莫尔先生想起来自己忘拿雨伞了，于是他返回家中去拿伞，结果就消失了。

"债主搜寻了他家的每个角落，"警察告诉我们，"我们也进行了搜查，但没有发现任何东西。我百思不得其解，怎么会这样呢？所有窗户都紧闭着，房子里也没有藏身之处。总而言之，这是个谜啊。"

叙述者不说话了，陷入了沉思。

"先生，您能让我们检查一下菲利莫尔先生的屋子吗？"夏洛克对他说。

"你想扮演侦探的角色吗，夏洛克？"警察笑着说，"你来试试看吧。不过动作得快点，别被我领导看到了。"

警察小心翼翼地环顾了四周之后，打开了一扇沉重的门，我们三个人悄悄地溜进了菲利莫尔先生的屋子。

和普通布局一样，迈过门槛就是一个门厅。门厅非常大，还有一股香香的味道。我立马嗅到了香水的气味，我的鼻子咻咻作响，我没忍住，打了个大大的喷嚏。

门厅的墙壁上覆盖着黑色天鹅绒织物，营造出一种阴郁的气氛。左边是个衣架，一个钩子上挂着一件亮白色的外套，另一个钩子上挂着一件黑色天鹅绒斗篷。右边，也就是衣架对面的墙边放着一个带镜子的床头柜。

"夏洛克，我们继续往前走。"父亲催促儿子说道，"快一点儿，别停在那儿。"

我超过了夏洛克，沿着黑暗的走廊往前跑去，很快就发现自己来到了客厅。这里有一股从壁炉里传来的雪茄和烟灰的味道。墙上贴着黄色的壁纸，挂着别出心裁的画作，窗户上挂着深红色的窗帘，沙发和扶手椅随处可见。总的来说，并没有什么有趣的地方。

我从客厅来到了书房，我在大桌子下面转来转去，仔细地嗅了嗅镶木地板，检查了所有的角落和缝隙，然后我看向了卧室，我在那里发现了一张挂着丝绸床幔的大床。

他们还在客厅里走动，而我已经看遍了所有房间，就连小仓库也去了。如果我能说话的话，我会告诉我的朋友，警察说的是实话，屋子里没有任何可以藏身的地方。

15分钟后，我们走出了屋子。

"怎么样，小侦探，你有什么要说的吗？"警察对夏洛克微笑道，"你解出菲利莫尔先生的这个难题了吗？"

"是的，先生。"夏洛克回答说，"如果您同意的话，我可以重复他的把戏。"

警察哈哈大笑了起来。

"来吧！给我看看你的能力！我给你5分钟。你快去躲起来。"

"谢谢，先生。"夏洛克感谢完之后，立即打开门，一下子就钻进了公寓。

警察看着他，咧嘴一笑，对福尔摩斯先生说："您儿子可真爱幻想啊，先生。我敢打赌，不用1分钟就能把他找出来。相信我，这里无处可藏！"

"我对此毫不怀疑。"福尔摩斯先生一边回答，一边从口袋里掏出手表。

"先生，您急着去哪儿吗？"警察关心地问道。

"是的，我在城里还有别的事情要做。"

"对不起，先生，我不知道您在赶时间。请稍等，我现在就把您儿子找出来。"

警察跟着夏洛克，也消失在了门后面，只留我们在街上当值。

1分钟过去了，2分钟过去了，3分钟过去了。门还是关着。又过了10分钟，受惊的警察冲到屋外。

"您儿子不见了，先生！我检查了所有房间，都没找到他！"

福尔摩斯先生皱着眉头，推开警察，然后走进了屋子。我紧跟着福尔摩斯先生,而这位困惑的警察则跟在我身后。

门啪的一声关上了。福尔摩斯先生快步朝屋子深处走去,当我们身后传来熟悉的声音时,我们已经走过门厅,来到了走廊上。

"爸爸,我在这里!"

福尔摩斯先生停了下来,他转身看着门厅。我效仿主人的样子,也环顾了四周。门厅看起来和以前一样:黑色的墙壁,左边是挂着白外套的衣架,右边是带镜子的床头柜——没有什么可疑之处。

"夏洛克,你在哪里?"福尔摩斯先生惊恐地问道。

然后夏洛克的头出现在了黑色天鹅绒墙的中间,随之而来的是他的肩膀和其他身体部位。终于,我意识到夏洛克是躲在了斗篷后面!他把衣架上的黑色天鹅绒斗篷拿了下来并且躲在了它后面!夏洛克用黑色斗篷遮住自己,又以黑墙为背景,因此他几乎成了一个隐形人!

"我猜中了菲利莫尔先生的把戏,"夏洛克把斗篷放回衣架后,解释说,"许多动物都会伪装自己。比如,变色龙可以改变自己身体的颜色和图案。在保持静止不动的时候,它可以与周围的植被完全融合。所以,菲利莫尔先生的行为就像变色龙一样。人眼无法分辨黑上加黑的黑色物,尤其是它们的表面还具有相似的结构。"

这位羞愧的警察惊讶地张大了嘴,福尔摩斯先生脸上的眉毛向上扬了扬。他们俩都保持沉默。

"菲利莫尔先生事先都考虑过了，"夏洛克继续说道，"他找了个借口说要回去拿雨伞，其实是为了躲在黑色斗篷后面，他一动不动地站在这儿，以黑墙为背景，成了一个隐形人。当债主们进入屋子后，他们没有注意到菲利莫尔先生，而是匆匆地走过走廊。菲利莫尔先生则趁机悄悄地溜出门逃跑了。"

警察闭上了嘴，吞了吞口水，他看着福尔摩斯先生，毫不掩饰自己的尊敬，他说："您的儿子绝对有做侦探的才能，他分析得有条有理。我认为应该立即向警长报告他所发现的情况。"

"但这样的话，你会受到惩罚的。"福尔摩斯先生反对说，"您自己说您不能向第三方透露调查的细节。您未经允许就让我们进入了菲利莫尔先生的房子。"

"惩罚就惩罚吧，无论如何都得上报！"警察执拗了起来。

"不，我不能让这种事情发生，"福尔摩斯先生摇了摇头，"我们这么做吧：不是夏洛克，而是您自己依靠智慧解开了菲利莫尔先生的谜团。您就这样将此事告知您的上司，不必提及我的儿子。"

"先生，您这是在侮辱我！"警察很愤慨。

"我不是这个意思，我只是想为您提供一点帮助。"福尔摩斯先生耸了耸肩。

稍加思考后，警察同意了："好吧，既然您已经决定了，那我也不介意……尽管，当然了，把别人的功劳说成是自己的功劳是十分可耻的……"

事情到此之后，我们就分开了。警察带着报告去找自己的上司，我们则在皮克林一直待到了天黑——福尔摩斯先生在城里有很多事情要做，因为我们戳穿了菲利莫尔先生的把戏，所以稍稍耽误了一会儿工夫。

快到第二天早上的时候我才睡着，然后一直睡到了中午。当我醒过来的时候，屋子里传来了小提琴的优美旋律——普季林先生来我们家了。

月亮宝石

我在之前的故事中提到过俄罗斯音乐老师普季林先生。他每周来一次我们家教夏洛克拉小提琴。普季林先生是个善良和体贴的人，他总是给我带来美味诱人的小骨头。当夏洛克练习小提琴的时候，我就在一旁心满意足地啃着骨头。

然而这一次他是空着手来的，看上去一脸忧郁，愁眉不展。音乐课没有顺利进行，普季林先生陷入了自己不愉快的思绪中，几乎没有关注严重跑调的夏洛克。就这样，课程持续到一半的时候，夏洛克问道（在那之前夏洛克一直在练琴，也没有注意到老师的异常）：

"您有什么伤心事吗？"

"是的，夏洛克，我今天心情很糟糕。"

"发生了什么？"

"你知道我不单教你一个人拉小提琴,我还有其他学生。昨天我给你们的邻居奥尔德里奇先生的女儿上课,我按照约定的时间到了之后,得知恶贼盗走了他家一块罕见的宝石,这是一颗黄色的钻石,俗称'月亮宝石'。"

"奥尔德里奇先生怀疑是您偷了宝石吗?"

"遗憾的是,他没有排除这种可能性。"

"和我说说吧,宝石是怎么被盗的?"夏洛克请求说。

"夏洛克,你要知道这些来干吗?"普季林老师惊讶地说道。

"也许我可以帮忙。"

"好吧,既然你坚持……"

普季林先生开始讲述这件事。他有些焦虑,所以说得很混乱,东一句,西一句,毫无头绪,但故事的大致经过我明白了。我根据自己记得的内容转述给你们听。

奥尔德里奇先生的曾祖父曾在印度的骑兵团服役,他从印度把一颗黄色的钻石带回到了英格兰。据传,从前在印度的一座寺庙中有一座神像,神像头部的装饰就是这颗月亮宝石。这颗宝石价值连城,奥尔德里奇先生一家把它小心翼翼地珍藏了起来,锁在一间密室里。据说,曾经有一伙盗贼想要偷走它,但是他们一无所获。为了保护这块宝石,奥尔德里奇先生在家中养了一群凶狠的狼狗,它们在屋里自由地走来走去,随时准备着咬住任何一个陌生人的喉咙。

在偷窃案发生的那天早上，奥尔德里奇先生和往常一样，跟家人们在一起喝茶。喝完茶后，全家人都陷入了沉睡，直到晚上才悠悠醒转过来。检测表明，他们的茶里被人下了安眠药。当他们醒来时，密室空了，宝石消失了……

听完普季林老师不连贯的表述之后，夏洛克问："普季林先生，请问盗窃发生那天仆人在哪里？"

"奥尔德里奇先生给仆人放了假，"普季林老师回答说，"屋里只有他们一家人。"

"狗对您的态度怎么样？它们朝您叫了吗？攻击您了吗？"

"当我到的时候，狗已拴在了链条上，不然的话它们会把我撕碎的。"

"这样的话，您无须担心。在您的叙述中，您提到了曾经有人试图偷过宝石。那么问题来了：如何防范想要偷宝石的盗贼呢？答案很明显：那就是伪造盗窃现场！喝下带安眠药的茶，然后声称发生了盗窃。"

普季林先生若有所思地挠了挠后脑勺。"也就是说，这一切都是设计好的？"他反问道。

"对！"夏洛克答道，"为了让小偷不再惦记这块宝石，奥尔德里奇先生一家演了一出戏。其实宝石依旧安然无恙地放在密室中。最重要的是——您想一想狗！如果陌生人进入屋子，狗会怎么样呢？它们会攻击陌生人，对吗？无论主人是睡着还是醒着，它们都会把陌生人撕成碎片。"

普季林先生松了一口气，脸上开始露出了笑容。

"小家伙，看来你是对的。现在报纸会刊登有关盗窃的信息，警察会开始搜寻宝石的下落，这样一来，盗贼就会对宝石失去兴趣。你真是个机灵的孩子！真聪明！"

夏洛克露出了大大的笑容。

"你在报纸上读到过关于一个普通警察的事情吗？他识破了菲利莫尔先生失踪的秘密。"

"没看到过。"我的朋友摇了摇头。

"一定要看看！你应该以他为榜样！一个普通的警察在没有任何提示的情况下解开了如此复杂的谜题！……对了，我差点儿忘了，我们周二的课取消……"

"为什么？"

"下周二城里要举办一场美国冠军和英格兰运动员之间的拳击对决赛。我不能错过这么难得的场面。我们的课挪到周三，你同意吗？"

"好的，先生。"

我和夏洛克把普季林先生送到了大门口，然后夏洛克急忙跑去寻找福尔摩斯先生。夏洛克想要亲眼看看美国冠军和我们国家拳击手之间的对决，但是他得先说服父亲，而这是一项相当艰难的任务。

拳击手"疯牛"

夏洛克非常艰难地说服了父亲一起去城里看拳击对决。一开始老福尔摩斯坚定地拒绝纵容儿子的任性行为,但是夏洛克总能找到打开父母内心的钥匙,最终父亲退让了。而这是怎么实现的呢,我现在来告诉你。

福尔摩斯家的早餐一般都是燕麦粥,而夏洛克不喜欢燕麦粥,这一点全家人都知道。所以在周五吃早餐的时候,福尔摩斯先生笑着说:"夏洛克,我知道你喜欢猜各种各样的谜语。我们来打个赌吧,如果你可以破解我的谜语的话,那么我就同意带你去看拳击对决。要是你没有猜出来的话,在喝完粥之前你不可以离开餐桌,你同意吗?"

"我同意,爸爸!"夏洛克兴奋了起来。

"不过这个谜语很难。我从小就知道这个谜语。我还小的时候,我奶奶就给我猜过这个谜语。我觉得这个谜语你猜不出来。"

"没事，我能行！"

"那么请你告诉我，哪两样东西不能在早餐的时候吃？"

还没过去一分钟，夏洛克就喊道："答案很简单：早餐时不能吃午餐和晚餐！"

夏洛克已经开始庆祝胜利了，然而妈妈突然介入了这件事。福尔摩斯太太认为，小孩子不适合看拳击手在拳击台上互打对方的鼻子。最后一家之主福尔摩斯先生在父母的争执中占了上风。男士之间的团结战胜了女士的犹豫不决。

星期二中午，我们坐上了马车。汤姆用鞭子赶着马，我们出发去了城里。途中，福尔摩斯先生认为有必要给儿子上一堂有关英美拳击的历史课。

"你要知道，英格兰拳击学校的核心是高雅的防御艺术。"福尔摩斯先生认真地说，"拳击手的目标是技术方面比对手强，得分高者获胜。"

福尔摩斯先生停顿了一会儿，确认儿子在认真听之后，继续说道："美国拳击学校创立的原则完全不同，他们更加具有攻击性。对美国人来说力量和观赏性更重要，他们很少关注技术。对他们来说，如何快速击倒对手才是最重要的。"

到了市里之后，我们停在了离广场不远的地方。广场上搭满了布制的帐篷，和我在集市上看到的帐篷一模一样。流动马戏团的演员们正在帐篷里表演，人类在帐篷周围跑来跑去。每个人都想看看远道而来的美国冠军和英国拳击大师之间的对决，毕竟这样的事情可能一生只有一次机会。

我们排了长队，买到了观众席上第一排的票。但我们没有马上进入帐篷。不知道为什么，验票员不太喜欢我，于是我们不得不再次排队为我买张票。

我拿到了一张无座票，但是我没有抱怨。我趴在夏洛克脚边，左边坐着福尔摩斯先生，再远一点儿坐的是我不认识的绅士们，还有几位穿着节日礼裙的女士。所有人都看着拳击台——拳击台由一块木板和四个木桩组成，木桩之间有绳子连接着。在观众们的口哨声和跺脚声中，一个矮小的先生走上了拳击台，他用手势示意观众保持安静，然后大声说道："女士们、先生们！我很荣幸地向你们介绍来自美国的拳击冠军！不可战胜的拉尔夫·霍加特，绰号'疯牛'！"

过了一分钟后，令人期待已久的冠军从侧幕后面走了出来。这是一个大块头，他的脖子和异于常人的长手臂像公牛一般粗壮，光溜溜的头上布满伤痕，健壮的肩膀上肌肉横溢，赤裸在外的身体像钢铁一样坚硬。

这个像山一样的男人站在拳击台中央，以便观众可以尽情地观察自己。展示肌肉后，冠军端起架子，用低沉的声音说道："谁要第一个出战？来吧，我准备好了！"

一位英国拳击手从侧幕后冲了出来，看台上的观众们活跃了起来。不管美国人有多么可怕，观众依然相信英格兰拳击的优越性，所有人都觉得我们国家的拳击手会赢。

我们的运动员身高不及美国人，体重也比对手轻很多。但是他充满了自信，也不惧怕这位美国冠军。拳击手们互相问候完，就开始了搏斗。

战斗一开始，英格兰选手处于领先地位，他巧妙地躲过了对手的猛烈攻击并且成功地袭击了对方。他的每次进攻几乎都击中了目标。美国冠军挥了挥手，无视勇猛的英格兰选手的进攻。美国选手像蒸汽机一样喘着气，他试图碰到灵活的对手，却屡屡失手。

但这时突然发生了一件不可思议的事情：我们的拳击手稍不留神，就被美国冠军的拳套击中了下巴。英格兰拳击手的膝盖在颤抖，他倒在了拳击台上，安静得就像没有一丝生命迹象一样。

美国人赢了。在观众失望的呐喊声和愤怒的跺脚声中，英格兰选手被抬下了拳击台。与此同时，下一位拳击手走上了拳击台。

第二场决斗开始了。冠军如同之前一样挥了挥手，但已经没有那么愤怒了。我们的拳击手表现得很谨慎，他很少进攻，主要偏向防守，但最终他还是为此付出了代价。冠军将他逼到了角落，然后突然出击把他击倒在地。

第二位英格兰拳击手也被抬下了拳击台。我们还有一位储备运动员也冲上了拳击台，他立即进行了攻击。在观众的口哨声和呼喊声中，他多次猛烈地击中了美国冠军。这个美国人勉强地站在拳击台上，稍稍转了转手，最后还是击中了英格兰选手，并且把他打到了重度昏迷。

当最后一位英格兰拳击手被抬下拳击台之后，夏洛克从位置上跳了起来。

"冠军作弊！"夏洛克叫了起来，"他的拳套里有铅！检查他的拳套！"

"对！"后排的观众跟着喊，"他是个骗子！小男孩说得对！拳套里有铅！"

观众们扯着喉咙喊，要求公平公正地比赛，同时要求惩罚这个美国人。坐在前几排的城里的富人们也很气愤。一些绅士甚至爬上拳击台，围在美国冠军身边，强烈要求他摘下拳套。

美国人不再像一头疯牛一样，相反，倒像是一头惊慌失措的小牛。他试图从拳击台上逃走，但没成功，他被抓住了。观众们用绳子把冠军捆了起来，然后从他身上强行取下了拳击手套。

果然，在他的拳套下面藏了一根皮带，皮带上布满了沉重的含铅铆钉，这使得美国人的拳头变成了强大的武器。这样的拳头都能把石头打碎。如果打到人的话，自然不会有什么好结果。美国人被移交给了警察，而我们不得不再次排队来退还门票钱。

"你是怎么猜到拳套里有铅的？"福尔摩斯问儿子。

"在古罗马的时候，角斗士们用皮带缠住拳头，并且在皮带中放入铅板，以此来增加击打强度。我观察了美国人，发现他很难转动拳头。因为铅是重金属,所以手套太重了。"

"你是在书中读到了有关角斗士的事情吗?"

"是的,爸爸。"夏洛克点了点头,脸上露出了喜悦之情。

旧地图的奥秘

我们很少去城里，所以看完拳击赛后，福尔摩斯先生打算立刻去拜访他的老朋友斯宾塞先生。

我很喜欢斯宾塞先生。他以前是一位军官，退休后他成了一名狂热的古画收藏家。他的房子跟博物馆似的，随处可见大大小小的画作。斯宾塞先生是一个很善良的人。我出生后头几个月都是住在他的家里。我就是在那里遇到了夏洛克。许多年前，夏洛克曾经帮助过斯宾塞先生揭发了几个骗子，随后斯宾塞先生想要送夏洛克一点东西作为答谢。最后夏洛克选择了我作为谢礼，对此我也毫不后悔。

我们驾着马车快到斯宾塞先生家的时候，他透过窗户看到了我们，便立马出来迎接了。

"很高兴你们能来看我，先生们！"斯宾塞先生一边跟福尔摩斯先生握手，一边大声说道，"今天早上我还想起你们了呢！"

斯宾塞先生总是很热情。他带着我们去客厅喝茶，并且怀着毫不掩饰的兴趣听福尔摩斯先生说关于拳击赛上发生的事情。斯宾塞先生谴责美国拳击手，同时对英国拳击手表示同情，当然他对夏洛克的称赞也不绝于口。拳击话题聊完之后，斯宾塞先生问："先生们，你们在报纸上看到菲利莫尔先生的报道了吗？"

"看到了。"福尔摩斯父子齐声说道。

"我知道这位先生。他给人的印象是一个正直诚实的人。谁会想到他实际上是个骗子呢。"

"外貌有时具有欺骗性。"福尔摩斯先生深恶痛绝地说。

"您说得没错。但这不是重点。重点是我从菲利莫尔先生那里拿到了一份旧文件。请稍等一下，我马上就拿来……"

斯宾塞先生离开椅子，朝隔壁房间走去。他回来后，把一张因年代久远而已经泛黄了的纸张放在了桌子上。

"就是它，你们来看看吧！菲利莫尔先生声称，这是一张未知区域的地形图。他说，这张地图是著名的海盗弗林特船长亲手绘制的。在这张地图上标注有海上劫匪们藏匿宝藏的地点。"

我跳上椅子，嗅了嗅海盗地图的气味，它散发着一股旧纸的味道。这幅画类似于孩子们的涂鸦。纸张中间有一个巨大的墨点，墨点左右两侧有一些奇怪的弯曲笔画。但我最感兴趣的是写在纸张底部的字母。字母是这样的：

ТЫЗ РЯПОТ РАТ ИЛШИЛ ЛИНГБО ЛВАН

斯宾塞先生似乎明白了我的想法："你们看到纸张底部边缘的字母了吗？我绞尽脑汁想了很多天，但仍旧不明白这个神秘句子的含义。"

"这是谁写的？"夏洛克问道。

"可能是弗林特船长本人写的。"

"您买这张地图给了菲利莫尔先生多少钱？"夏洛克又问道。

"这张地图花了我1先令。"

"这里写的是：你浪费了你的1先令，你这个白痴。"夏洛克尴尬地读道，"在这个句子中，单词之间的空格空得不对。"

斯宾塞先生脸色苍白。我能理解他！当有人说你是白痴的时候，你会感到很耻辱。

"浑蛋！"这位退休军官紧紧地握着拳头咆哮道。他苍白的脸颊因为愤怒开始出现了红晕，眼睛里也闪着怒火。

"别生气，"福尔摩斯先生安慰他的朋友道，"这个欺负你的人很快就会被抓获的，他一定会被定罪的。你就等着他入狱吧。"

"他罪有应得！"愤怒的斯宾塞先生大喊了一声，随后深深地叹了口气，冷静了下来，又成了我以前熟悉的那个彬彬有礼的人。

我们弯下腰仔细查看地图。斯宾塞先生开始用手指在纸上比画，同时向我们解释纸上所画的一些符号的含义。他把黑色的大墨点称为"湖"，而在"湖"周围的弯曲笔画是"森林"。斯宾塞先生认为，小方块是"村庄"，虚线是"道路"。斯宾塞先生用手指指着三角形旁边的一个十字符号，说那是海盗藏宝的地方。他把三角形称为"石头"，他说海盗把宝藏埋在一块做了记号的石头下面，这块石头从远处就可以看到的。

"还需要知道这一切都位于英格兰哪个郡，"斯宾塞先生说，"但是这个难题是不可能解决的，甚至都不值得一试……"

谜底和真相似乎无法破解。你们也猜一猜，海盗们把宝藏藏在了英格兰的哪个角落里。英格兰很大，而地图很小。有的人甚至花了一辈子的时间去寻找宝藏，最后还是竹篮打水一场空。

"我记起来了！"夏洛克打破了沉默，"有一次我们的厨娘阿加塔奶奶在我面前提到过魔鬼湖。它位于皮克林的北部，靠近一个小村庄。许多年前，在干旱期间，这个湖泊变得很浅。阿加塔奶奶说，以前这个湖的周围都是树木，附近还有一条小路。地图上画的这个地方和魔鬼湖的周围环境很相似。"

"这是个有趣的想法，"斯宾塞先生说，"现在我们来验证一下！"

斯宾塞先生把地图册拿了出来，他把地图册翻到所需的那一页，然后把海盗的地图和地图册中的图画进行了比较。

"看起来你猜对了，夏洛克！瞧，这里有一个湖，旁边是一个小村庄，和弗林特船长画的地图一模一样。"

"那我们还在等什么，先生们？"老福尔摩斯笑着说，"我们去那里挖宝藏吧！您家有铁锹吗？"

热情是会传染的。我们手拿挖掘工具，以防万一还带了手电筒，就上了马车，汤姆赶着马车，一路向北。我们一直沿着陌生的道路蜿蜒而行，一直到日落时分才到达目的地。

湖干涸了，湖边长满了苔草和芦苇。就连空气闻起来也是潮潮的，青蛙在池子里呱呱叫，蚊子在草丛中飞来飞去。自从湖干涸之后，周围的森林也就凋零了。树木因缺乏水分，树枝都弯曲垂到地面上了。

下了车后，我们一个跟着一个沿着河岸走。斯宾塞先生肩头扛着一把铁锹走在最前面，夏洛克抱着我跟在他后面，福尔摩斯先生则拿着灯笼走在最后面。

很快天就黑了，不幸的是，乌云遮蔽了天空，四周伸手不见五指，我们什么都看不见了。我们已经打算往回走了，但在回去的路上我们突然撞到了一块花岗石块。大石头看起来像是巨人的一颗牙齿。它高高地矗立着，离苔藓覆盖的土地有十几米。

看到石头后，大家就开始忙碌了起来。他们轮流开始挖。斯宾塞先生累了，就换福尔摩斯先生挖，福尔摩斯先生累了，夏洛克就拿起铁锹挖。一个小时后，石头下面出现了一个深坑。又过了5分钟，铁锹碰到了一个木箱的盖子。

他们把箱子从坑里拖了出来，然后用铁锹把锁撞掉，最后再把盖子打开。箱子似乎是海盗们埋起来的——里面装满了在海盗们之间流通的小银币。

斯宾塞先生高兴得差点晕倒了。他想和福尔摩斯一家分享战利品，但福尔摩斯先生和夏洛克断然拒绝了。因为收藏家更需要钱，这点对我来说也是可以理解的。

所以现在我们来想想，谁才是最终的傻瓜——是地图的卖方还是买方？是在交易中赚了1先令的人，还是用1先令买到一箱银币的人？我认为答案是显而易见的！

有关鬼的故事

接下来的一周过得很平静,天气晴朗,我和夏洛克大部分时间都在花园里度过。夏洛克在花园的一处空地上搭建了一个棚子,我们在里面既能避暑也能玩耍。夏洛克扮演弗林特船长,我则扮演船上的狗。

弹指一挥间,一周很快就过去了。周二到了,普季林先生又来我们家了。他给了我一根猪软骨,然后教夏洛克学拉小提琴,他折磨了夏洛克将近一个小时。

当小提琴声刚停下来的时候,福尔摩斯太太就招呼普季林先生和夏洛克来喝点茶。福尔摩斯太太把茶水倒入精美的中国瓷器杯子里,向普季林先生问道:"普季林先生,最近城里有什么新鲜事吗?人们都在谈些什么呢?"

"一切似乎都还是老样子,"普季林先生回答道,"不过最近大家都在谈论鬼的事情。城市摄影师加德纳先生在一座城堡的废墟中拍到了一张鬼的照片。"

"城堡里有鬼吗？"福尔摩斯太太被吓坏了。

"更确切地说是在城堡的废墟中。但是这个故事并不适合讲给女士听。"

"太可怕了！"福尔摩斯太太说道，"您吓到了我，普季林先生，我怕鬼。"

"对不起，我不知道您这么害怕鬼。"

夏洛克对餐桌上的谈话很感兴趣。刚喝完茶，夏洛克便自告奋勇地送普季林先生到门口。夏洛克开始说服普季林先生再多说一点关于鬼的事情。

"你喜欢恐怖故事吗？"普季林老师笑着问。

"如果它们真实存在的话，我是喜欢的。"夏洛克回答道。

"我在照片上看到了鬼的样子，这不是伪造出来的照片。鬼确实被拍到了。"

"鬼是什么样的？"

"从外貌上看，他酷似古代的野蛮人。外形的轮廓不是很清楚，图像比较模糊，但可以看到他肩膀上的兽皮和头上带角的头盔。这最有可能是个维京人，就是那些在山上建造了堡垒的维京人。"

这座城市附近的堡垒确实是维京人建造的。他们用土墙和栅栏把堡垒围了起来。在14世纪的时候,英格兰国王爱德华二世下令用石头堡垒代替木制堡垒。但是很快,堡垒就倒塌了,到我们这个时代就只剩一些残骸了。

"普季林先生,您知道加德纳先生是用什么相机拍摄的吗?"夏洛克问道。

"是工程师赛顿设计的那种相机。照相机看起来像一个装了镜头的大盒子。相机内部的图像利用镜子在玻璃板上成像。"

"维京人的头盔上真的有角吗?您没看错吧?"

"我没看错,夏洛克。我记得很清楚。"

与普季林先生交谈之后,夏洛克特别开心。他甚至开始吹起了口哨,吹的还是一首听起来雄赳赳气昂昂的歌曲,我不明白他为什么如此高兴。我特别害怕鬼,我觉得在每个黑暗的角落好像都有鬼的存在。我担心鬼会进入我们家,我也不知道在这种情况下该怎么办,所以我一晚上都没睡好。我梦见了一个庞大可怕的鬼,这个鬼还戴着一个长角的头盔。但到了早晨,所有的恐惧就都消失了,我醒了过来,重新充满了活力。

一个星期后,我就把鬼给忘了,它在我的记忆中模糊了。但很快,我又想起了鬼,这是在去城里采购的时候发生的。

我们在城里逛街买东西,从一个商铺逛到另一个商铺。我记得,当马车转弯的时候,夏洛克看到了一个招牌,上面写着"摄影工作室"。走了一会儿，我们在邮局对面停了下来。

"在这里等我，"福尔摩斯先生告诉儿子，"我要往伦敦寄封信。你哪儿也不要去，我很快就回来。"

"好的，爸爸。"

福尔摩斯先生穿过马路，去了邮局。他一进邮局，夏洛克就从马车上跳了下来，跑到了十字路口。我在摄影工作室门口才追上夏洛克。

夏洛克打开门，在门口问道："我可以和加德纳先生聊聊吗？"

工作室里的墙上全是照片。一个身材高大的男人坐在柜台后面。他严厉地看着夏洛克，问道："你要干什么，小家伙？"

"我对鬼的照片很感兴趣。我可以看一下吗？"

"来，靠近点，孩子，"男人把夏洛克叫到跟前说，"过来吧，别害怕。这是一张独一无二的照片。你瞧……"

这个男人从柜台下拿出了一张鬼的照片，然后把它小心翼翼地交给夏洛克。

"你觉得怎么样？你怕鬼吗？"这个身材高大的男人问道。

"这是假的，"夏洛克边说，边把照片还给了这个男人，"维京人不戴有角的头盔。客观来说，有角的头盔是没有用的。头盔的主要作用是在战争中保护头部免受剑伤。剑可以从圆形头盔上滑下来；相反，如果是戴有角的头盔的话，那么肯定会被击中。此外，角还会带来很多其他的不便。想象一下，你骑在马背上飞奔，头盔上的角挂到树枝后，你肯定会立即飞出马鞍。"

听完夏洛克的话后，这个男人吃惊地张大了嘴，他脸上的表情从慌张变成了害怕。看到摄影师这样我感觉他真可怜，老实说我甚至同情他。

"如果适当调整一下照相机镜头的话，那么物体的轮廓就会变得模糊，就像您拍摄的照片一样，"夏洛克继续说道，"这种摄影方法在书籍中有详细说明。您利用了这种方法并且迷惑了人们的头脑。先生，您是个骗子！"

夏洛克不说话了，他转过身去，像一道闪电似的从闷热的房间里跑了出去。我看得目瞪口呆，差点没来得及跟上他，我们跑出去之后，摄影工作室的门砰的一声关上了。我和夏洛克拼命地在街上跑。幸运的是，我们成功地赶在了福尔摩斯先生前面回到了马车上。当福尔摩斯先生从邮局出来，我们已经若无其事地坐在了马车里。

故事就是这样。可惜只有我和夏洛克以及加德纳先生知道这件事。夏洛克没有揭穿摄影师，我不知道他为什么这样做。也许他只是想给摄影师一个教训，这样摄影师就不会再犯如此愚蠢的错误了。我想我的朋友只是可怜摄影师，所以什么都没说。

猎狐

7月末,正值酷暑,我们的厨娘阿加塔奶奶发现厨房里的食物经常失踪。她很生气,就去找了福尔摩斯先生并开始把这件事怪罪于我。

"您养的这条懒狗一点用也没有,"阿加塔奶奶愤怒地说,"那些猫来偷肉吃,它却什么也不管!昨天厨房里的小鸡被偷的时候它在哪儿?大概又是和您儿子在一起玩耍吧,也不去赶走那些猫!"

阿加塔奶奶的话深深地伤害了我。我知道自己的责任。但我每天都去花园巡视,嗅遍每一丛灌木和每一棵小树。我确信没有一只猫能从围栏外边钻进来。

我一边心里抱怨着阿加塔奶奶,一边把厨房附近仔细检查了一遍。我嗅了每一条小路、每一株小草,没有任何发现。晚上我没有睡觉,我埋伏在厨房旁边,可还是一无所获,然而到了第二天早上,阿加塔奶奶又说肉被偷了。

我没心情吃早饭。阿加塔奶奶的指责伤害了我的自尊心。我不顾酷暑,用鼻子嗅遍了整座花园,终于在午饭前发现了狐狸的踪迹。

这只狐狸在围栏下挖了一个地道。通过地道它可以穿过花园,直接钻进厨房。狡猾的小贼悄无声息地偷到肉之后,再按原路返回森林。

我大声叫着,宣告自己的发现。我把福尔摩斯先生拽到我发现的地道旁,用鼻子把小偷的踪迹指给他看。

"非常好,约翰,"福尔摩斯先生夸奖了我,"明天早上我们去打猎,现在去睡觉吧,约翰。明天我们需要你的帮助,没有你我们找不到狐狸的踪迹。"

你们不知道我有多么喜欢打猎!以前我从未参加过真正的狩猎,但这一直是我的梦想,因为各种原因,我始终没有得到过这样的机会。这不,终于等到这一天了!明天我要给大家看看真正的猎犬的能力!

第二天天还没亮我就醒了。我跑到大门口的时候,福尔摩斯先生和他的儿子已经骑在马上了。老福尔摩斯背着猎枪,把我叫到跟前,对我说:"约翰,你去寻找狐狸的踪迹吧。我们就依靠你敏锐的嗅觉了。"

老汤姆一打开大门,我便冲向了猎场。我需要在数百种气味中找出狐狸的味道,我以帅气的蛇形姿势穿梭在潮湿的草丛里。这一刻成败都取决于我:如果我嗅不出狐狸的味道,那么狩猎就泡汤了。

几分钟后,一股刺鼻的野兽气味钻进了我的鼻孔。我开始吠叫,借此把大家都吸引过来,告诉他们我找到踪迹了。确认大家已经理解了我的意思后,我拼尽全力向森林中跑去。

其他人也纵马跟来,我一边听着身后的马蹄声,一边嗅着地上的气味,全力向前奔跑。狐狸的气味非常容易分辨,你是不会把它和其他气味混淆的。我循着气味来到了森林边缘,气味在枞树之间消失了一瞬,之后便又出现了。

在森林中我就没跑太快。我得等一等骑马的人,好让他们来得及在林间穿梭。在森林里纵马前行要比我用四只爪子跑费劲多了,因此我要经常停下来等他们。

森林渐渐变得稀疏,远处是一片长满了高高的杂草的旷地。我回过头去,看到了骑着枣红色马儿的福尔摩斯先生以及远处隐约能看见头顶的夏洛克。我深吸一口气,便跳入了草丛。

我正在旷地当中搜寻时,听到身后传来了福尔摩斯先生的欢呼:"狐狸!就在那里!夏洛克,你看到了吗?"

福尔摩斯先生快马加鞭,从我身旁像风一样地疾驰而过。这一切发生得太突然了,我有些不知所措。当我意识到的时候,我已经追不上他了。我用后腿站立了起来,看着夏洛克。夏洛克没有急着去追他父亲,相反,他轻轻地勒住了马。

"狐狸是在把猎人引离自己的洞穴,"夏洛克低头看着我说,

"狐狸是很狡猾的动物,爸爸不应该追过去。你继续循着踪迹搜寻吧,约翰。"

我相信自己的朋友,便按照他的吩咐去做了。我和夏洛克穿过旷地,终于又来到了树林之中,随后我们走进森林的最深处。我们绕来绕去地走了一会儿,来到一处峡谷旁边。我穿过荆棘滑到了峡谷底部,等待着我的朋友用同样的方式下来,之后我们沿着一条野兽气味浓郁的狭窄小道继续前行。

峡谷又潮又深,斜坡上布满了荆棘,荆棘下方生长着一些稀奇古怪的树木,树叶都已经枯萎了。散发着野兽气味的小路就像蛇一样,沿着谷底蜿蜒,引着我和夏洛克越走越远。我开始有点紧张了,鼻子不由自主地抽动着,担心会在这里迷路,这时,意外发生了,我找到了狐狸的洞穴。

狐狸的洞穴位于一棵粗壮的橡树根下,从远处是看不见的,即使从它旁边走过也不会注意到这个洞。要不是我的鼻子,我们也不会发现。

"看,这就是它藏身的地方。"夏洛克边说边翻身下马。

我悄悄走近洞穴,听到了低低的叫声。迎面有三团褐色的小东西在从树根下往外爬,这是幼狐,小小的、毛茸茸的,出乎意料地可爱。

"这应该就是狐狸去偷食物的原因了,"夏洛克笑着说,"它要喂养自己的孩子。"

夏洛克跪在地上,伸出手小心翼翼地摸了摸小狐狸。

"约翰,我们发誓不会告诉任何人狐狸洞穴的位置,这是我们之间的秘密。"

我想叫一声表示同意,但夏洛克把手指放在了我的嘴上。

"别出声,约翰,不要吓到小狐狸。"

我和夏洛克安静地离开了洞穴。夏洛克解开缰绳,跨上马,我们又回到了与福尔摩斯先生分开的那片旷地。大约过了半个小时,树林中出现了福尔摩斯先生的身影,他走出森林,勒住马对我们说道:"我把狐狸跟丢了。它藏了起来。虽然很惭愧,但我必须承认,今天的狩猎以失败告终。"

我们两手空空地回了家。福尔摩斯先生有些失落,但我为那只狐狸和它的孩子们感到开心。

接下来的三个晚上狐狸都没有出现,到了第四天它又从厨房偷走了一大块肉。阿加塔奶奶又骂了我,我装作很委屈,并竭力做出看家护院的样子。到了晚上我埋伏在灌木丛里,悄悄地看了看狐狸是怎样钻进厨房,又是怎么逃回森林把偷来的肉喂给自己的孩子们的。

希腊方格

　　8月初的天气说变就变，天空乌云密布，顷刻间就大雨倾盆。夏洛克坐在图书馆里，翻阅着书籍，而我则躺在壁炉旁取暖，听着雨滴打在玻璃上的声音。接连好几天昏暗潮湿的日子让我感到很压抑。我怀念即将离去的夏天[①]、温暖的阳光还有青青的草地。

　　时间过得出奇地缓慢，简直就是度日如年。每天早上醒来后，我都会站在窗前，久久地看着地上的水坑、灰色的天空和凄凉的花园。直到冻得瑟瑟发抖，我才去烤烤火，然后躺在壁炉旁的垫子上打盹，一觉睡到晚上。

　　有时候我心情好，就会去图书馆，趴在夏洛克脚边，懒懒地眯着眼睛，看着夏洛克翻翻书或者转转地球仪。地球仪转得很慢，让

---

① "8月初……的夏天"，英国常年受北大西洋暖流的影响，属温带海洋气候，四季划分与北半球其他地区有一定的差异，以3—5月为春季，6—8月为夏季，余者类推。

人昏昏欲睡。

在这个月的前半个月里，我懒洋洋地在房子里爬来爬去。我经常想睡觉。有时，吃过午餐后，我嘴里叼着骨头就睡着了，一直睡到晚餐前才醒来。这种情况一直持续到雨停了才结束。

有一天早晨，我和往常一样看着窗外，却差点被阳光晃瞎了双眼。才过了一晚上，天气就变了。蓝天白云、绿草如茵、太阳高挂。夏天又短暂地到来了，对此我感到非常高兴。

正是在 8 月的第一个晴天，一位客人来到了我们的庄园。我坐在大门口，远远地就注意到了他。他骑着一辆叫作"自行车"的古怪交通工具。我第一次看到这样的东西。两轮车的形状像一匹马。陌生人灵巧地踩着踏板，自信地坐在车座上。很显然，他骑自行车的经验很丰富。

当他驶近时，我才能好好打量他。这位绅士大约 40 岁，衣着考究，戴着一顶时髦的礼帽，鲜红色的胡须精心打理过。

陌生人在大门口下了车，他让汤姆把福尔摩斯先生叫出来。福尔摩斯先生出现后，陌生人说道："先生，您好。我姓芬奇，我们在斯宾塞先生家里见过。"

"是的，我记得您，"主人一边回答，一边和这位不速之客握了握手，"您找我们有什么事呢，芬奇先生？"

"先生，我有事请你们帮忙。"

"快进来吧。您路上累了吧？要喝茶吗？"

"好的，谢谢！"

自行车被留在了外面。福尔摩斯先生带着客人来到了客厅，并且把他介绍给自己的妻子和夏洛克认识，然后他们在桌旁坐了下来。福尔摩斯太太和女佣凯特赶忙拿出饼干和茶来招待客人，福尔摩斯太太还亲自为客人倒了茶。喝完茶后，福尔摩斯先生问客人：
"您刚才提到了一些事情，对吗，芬奇先生？"

"是的，先生。谢谢您提醒我。"

"具体是什么事情呢？"

"先生，是这样的。一年前我在皮克林买了幢带家具和各种摆设的房子。搬进去后，我立即开始大扫除。首先，我决定把卧室墙上挂着的图画取下来——我真心不喜欢这些画。但当我把这些画作拿下来的时候，一串数字引起了我的注意——这些数字写在画布的背面。"

芬奇先生从口袋里拿出了一张折成四层的纸。他把纸展开，放在桌子上，以便所有人都能看到。纸上横着写了一串数字：

35　34　15　32　36　11　26　34　32　33　34　51
　24　15　16　33　56　41　34　26　36　55　42

"我把画布上的数字抄了下来，想弄清楚它们的含义。经过深思熟虑后，我得出的结论是这是一种密码。我试着解出这个密码，但都以失败告终。失望之后,我把这幅画放在了厨房里,不知不觉就把它给忘了。整整一年,我都没记起来这张图画。直到斯宾塞先生挖出了宝藏之后,我才再次想起了它。斯宾塞先生告诉我,您儿子夏洛克帮助他处理了海盗地图。我想,也许您儿子也能帮助我解开密码。也许画布背面的数字是一个被加了密的地方,这个地方的地下有大量金币在等着我们。"

我的朋友精通解密,我亲眼所见。因此夏洛克是这份工作的最佳人选。

"你有什么想说的,夏洛克?"福尔摩斯先生看着他的儿子,"你能帮芬奇先生吗?"

夏洛克难为情地摇了摇头说:"我会尽力的,爸爸。但是我需要时间。"

"你想多久就多久!"我们的客人笑着说,"不着急。你什么时候解出来了,就告诉我一声。"

芬奇先生站了起来,准备回家了。老福尔摩斯送他到门口(他想再看看自行车),而我和夏洛克则去了二楼。走进房间后,夏洛克紧紧地关上了门,开始从房间的一个角落走到另一个角落。

"我们来回想一下所有带数字的密码,"夏洛克边走边说,"约翰,有多少这样的密码?"

我什么都没说。因为我不懂数字,狗不会做算术。

"'位移密码',这是一个;"夏洛克开始掰手指数,"'谐音密码',这是第二个;'书之密码',这是第三个;最后一个是'希腊方格'。让我们从第一个'位移密码'开始。纸和笔在哪里?"

夏洛克一直研究到深夜,把纸都写破了。他试遍了所有方法,但问题根本没有解决。

当夏洛克开始用"希腊方格"解密时,我已经睡着了,这是他所知道的最后一个数字密码。但当我醒来时,任务已经解决了。

由古希腊人发明的加密方法完全奏效了。夏洛克找到了关键之处:

	1	2	3	4	5	6
1	А	Б	В	Г	Д	Е
2	Ё	Ж	З	И	Й	К
3	Л	М	Н	О	П	Р
4	С	Т	У	Ф	Х	Ц
5	Ч	Ш	Щ	Ъ	Ы	Ь
6	Э	Ю	Я	–	–	–

希腊方格中的关键就是这个既有字母又有数字的表格。字母"А"对应数字"11",字母"Б"对应数字"12",字母"В"对应数字"13"。很简单,不是吗?剩下的就是用字母代替数字。换完后,夏洛克得

到了这句话:"黑夜掩盖了白昼。①"很奇怪的一句话。看起来一切都很简单,但是显然其中存在着某个秘密。

那天我们去城里拜访了芬奇先生。见到我们——我、福尔摩斯先生和夏洛克——之后,芬奇先生很惊讶,但他没有表现出来。他邀请我们进了屋,然后认真听我朋友解释。

"黑夜掩盖了白昼,"芬奇先生在夏洛克说完之后重复了一遍,"这是什么意思?"

"如果您能给我看看作品的话,也许我可以回答您的问题。"夏洛克说。

"什么作品?"芬奇先生不明白。

"您从上面把数字抄下来的那幅画。"夏洛克说。

"稍等,我现在去拿过来……"

一分钟后,这幅画到了夏洛克的手中。画中描绘了一幅夜景——地平线上方有一片黑色的天空,几颗白色的星星和一轮蓝色的月亮。

"一幅拙劣的涂鸦。"福尔摩斯先生皱了皱鼻子。

"我同意您的看法,"芬奇先生点了点头,"这就是为什么我

---

① 根据上文提示,本句原文为俄语"Под мраком ночи день сокрыт",翻译成中文是"黑夜掩盖了白昼"。

不想看到这幅画。"

"在上面一层颜料底下可能隐藏着另一幅画作，"夏洛克看着大人们说，"画布可能使用了两次。您可以把这幅画带到伦敦，向专家请教一下。也许隐藏在夜景下的是鲁本斯或达·芬奇的杰作。"

芬奇先生把夏洛克说的话都当作了耳旁风。他不想花钱冒险，他担心鉴定之后不会有好的结果，这样的话鉴定的钱就白花了。芬奇先生选择了另一种方式，他把这幅画贱卖给了刚成为富翁的斯宾塞先生。

斯宾塞先生立即把画作送到伦敦，专家们在那儿小心翼翼地把画布的上层颜料刮下来。夏洛克的预言成真了：在这幅夜景下，发现了18世纪意大利著名画家贝纳多·贝洛托不为人知的早期作品。它叫作《巴勒莫的晴天》。

"好人通常很幸运"，这就是我要告诉你们的真理！斯宾塞先生的收藏品中又增添了一幅世界名作，芬奇先生气得想咬人，他很后悔没有接受夏洛克的好建议。"舍不得孩子套不着狼"，要把这句话牢记在心啊！

会说话的不在场证明

8月末，我们家发生了一件倒霉事。女佣凯特的亲弟弟柳克在城中被捕了。凯特来自一个庞大的农民家庭，她在皮克林附近有很多亲戚。

凯特是一个脆弱敏感的姑娘，得知这个悲伤的消息后，她泪流满面，难过得都快晕倒了。她非常痛苦，福尔摩斯先生忍不住想要去帮助她。他吩咐汤姆备好马车，打算去一趟警察局了解柳克被捕的细节。

福尔摩斯先生是吃完早饭后去的，直到午饭前他才回来。我们都期待事情能有什么转机，然而福尔摩斯先生阴沉的脸色告诉我们事实恰恰相反。

"柳克是因为盗窃被捕的，并且警察对他的犯罪事实毫不怀疑，"福尔摩斯先生皱着眉头告诉我们，"开庭之前，他都要在警察局里待着。"

凯特又开始放声大哭了起来。福尔摩斯太太费了很大劲才让她平静了下来。等凯特擦干泪痕，福尔摩斯先生便给我们讲述了柳克被捕的经过。

柳克这位小伙子出生于一个农民家庭，他一直生活在乡下。这次他来城里是为了和自己的未婚妻见上一面——他的未婚妻在一个富人家里做保姆。他有一部分路程是步行的，所以直到傍晚前才赶到了城里。因为不想打扰未婚妻，柳克决定把见面的时间推迟到第二天早上，之后便去寻找过夜的地方了。

在皮克林徘徊了一阵之后，柳克打算在一间带家具的出租屋里暂住下来，城里这样的房子有很多。他把房费付给了房主，然后躺在床上，立马就睡着了。但他很快便被警察给吵醒了。有人指控柳克偷了隔壁房间的珠宝。

理论上来讲，柳克偷偷溜进隔壁房间的可能性很大——因为两个房间的门挨得很近。在柳克到来前不久，隔壁房间就租给了一位有钱的太太。

根据警察的说法，柳克是趁隔壁房间没人的时候把珠宝偷走的。警察认为，柳克一直在门口盯着，等到那位太太离开房间后，他便实施了盗窃行为。

事实也证实了警察的说法：那位太太确实离开过自己的房间，她去打听提供早饭的时间，回来之后她发现自己一副昂贵的钻石耳环、一个镶红宝石的金戒指和一枚古老的手工胸针不见了。

除了柳克和被偷的女士外，房子里还有一位姓舒尔兹的租户。警察排除了舒尔兹的嫌疑，因为走廊上来来往往的用人们都清楚地听见舒尔兹先生在门后自言自语。因此警察得出结论，舒尔兹先生在案发时没有离开过自己的房间。

"尽管并没有在柳克身上搜出被偷的珠宝，警察依旧认定他有罪，"福尔摩斯先生难过地说，"他们认为柳克把珠宝扔到了窗外。警察相信，窗户下面有柳克的同伙。"

福尔摩斯先生刚说完，夏洛克就接过话来问道："偷珠宝的有可能是柳克，也有可能是用人。没人考虑过这一点吗？"

"不，"福尔摩斯先生摇了摇头，"用人没有嫌疑。"

"关于另一位租户舒尔兹先生还有什么别的信息吗？"

"孩子，你为什么对这感兴趣？"

"我想要弄清楚。"

"舒尔兹先生有不在场证明。你还记得吗，我说过，用人听到他在自己的房间里自言自语。"

"爸爸，你知不知道舒尔兹先生是做什么的？"

"不知道，"福尔摩斯先生对自己的儿子答道，"他是个很古怪的人。听说他喜欢鸟。用人在他房间里看见过一只笼子，里面装着一只不起眼的小鸟，可能是椋鸟。"

"那你知道椋鸟会模仿人的声音吗？"

"第一次听说……"

"椋鸟不仅可以模仿人类的声音，它们还能像青蛙一样发出呱呱的声音或者像猫一样发出喵喵的声音。椋鸟很容易训练并且可以轻而易举地模仿人类的语言，它们说话的能力不比鹦鹉差。"

"你的意思是……"

"对，爸爸！"夏洛克惊呼了起来，眼里闪着光芒，"柳克是无罪的！我敢肯定珠宝是舒尔兹先生偷的！用人听到的'自言自语'是椋鸟发出的声音！会说话的鸟儿成了舒尔兹先生的不在场证明！"

"那我们要怎么证明呢？"

"非常简单，爸爸！搜一搜舒尔兹先生的房间就可以了，那位太太的珠宝一定还在他房间里！"

福尔摩斯先生相信自己的儿子。他盼咐汤姆备好马车，立即往城里赶去，他要把这个信息告诉给警察。我紧张地期盼他的归来。不过，紧张的不止我一个。我们所有人都在想一个问题：万一夏洛克弄错了，舒尔兹先生确实是无罪的话，该怎么办呢？我们没有入睡，一直在等待着消息。

福尔摩斯先生在深夜的时候回到了家。他开心地从马上跳了下来，我们知道他带回来的是一个好消息。

"真相大白了！舒尔兹先生已经被捕了，他被安排在了一个单独的房间里。你是对的，儿子——珠宝确实是他偷的。"福尔摩斯先生说道。

"会说话的椋鸟要怎么处理呢？"夏洛克问。

"椋鸟被警察放生了。"

我很开心，这一切无论是对柳克、夏洛克还是对那位丢了珠宝的太太而言，结局都很圆满。尤其是椋鸟——我最替它高兴了。以后我会经常看看天空，我希望有一天能有一只会说话的鸟儿飞进我们的庄园，然后跟我说说在牢笼里被囚禁多年后重获自由的感觉有多棒。

至于舒尔兹先生，等待他的将是监狱生活。就像当初被他关在笼子里的那只会说话的鸟儿一样，他在牢里能有大把的时间去幻想自由。

冠军赛

夏天结束了，9月已经来临了，不过天气仍然很暖和。我和夏洛克整天都待在花园的树林里。我们已经厌倦了扮演海盗，于是我们开始尝试新的角色。夏洛克扮演"鲁滨逊·克鲁索"，我则是"星期五"。在窝棚旁边有几块地，夏洛克在地里种了小麦、青菜、胡萝卜和其他蔬菜。有时我们会去打猎。我们在"荒岛"上徘徊，寻找稀有动物。我们的想象力是无限的。这个游戏一直持续到福尔摩斯先生从城里带回了赛狗的消息。

我清晰地记得那一天。我们在吃午饭时福尔摩斯先生宣布：

"我们被邀请参加赛狗比赛，就在这周日举行。你怎么看，夏洛克，我们要去参加吗？"

"那还用说，当然要去！"夏洛克看了看我，高声说道。

"听你的，夏洛克，"福尔摩斯先生怀疑地耸了耸肩，"只是你可别忘了，各式各样品种的狗都会去参加比赛，包括英格兰的灵缇犬。你确定约翰有机会获胜吗？"

"我会训练它的！我们一定能赢的，对吗，约翰？"

我要是能有夏洛克这样的自信就好了。我只是一只小猎犬，怎么能比得过灵缇犬呢。当然了，我会努力的。但坦率地说，我几乎不可能获得冠军。

吃过午饭，夏洛克就开始训练我了。他把小棍扔出去，然后我追着小棍跑。我们就这样一次次地重复，直到晚上才结束训练。最后我几乎是拖着腿在走。距离周日还有三天，这也就意味着令人精疲力竭的训练还要折磨我三天。

晚上我睡得像只死狗一样，第二天早上又费了很大劲才站起来。我的肌肉酸痛，每走一步路都令我的关节疼得不行。但我不能让我的朋友失望，每一次我都努力跑得更快。到了傍晚我实在是太累了，终于坚持不住跌倒在了草地上，痛苦地哀嚎了起来。

"我不得不承认你缺乏耐力，约翰，"夏洛克坐在我旁边说，"我们停止训练吧，你明天可以休息了。"

夏洛克把我抱到了卧室。我似乎在夏洛克把我放到床上之前就已经睡着了。我这一觉一直睡到了第二天中午。

当我终于醒过来之后，我的肌肉又开始令人厌恶地酸痛了起来，腿也无法弯曲。我心里很清楚失败在所难免。不管怎么训练，我都无法超越灵缇犬。但我还是站起来走到了院子里。

我在草地上见到了夏洛克。我找到了昨天的小棍，把它叼在嘴里去找夏洛克。我把小棍放在夏洛克脚边，坐下来摇了摇尾巴。

"你好呀，约翰！"夏洛克温柔地摩挲着我的耳朵，"你愿意继续训练了吗？回答我，是还是不是？"

我叫了一声作为回应。

"好样的，约翰，我为你感到骄傲！"

夏洛克捡起小棍挥了挥，然后把它扔进了草丛里，我立刻追过去捡。一直到晚饭前我都是在追着小棍跑，疲惫的肌肉已经变得酸软。但只要还有一丝力气，我都要跑下去。因为我想让夏洛克高兴，终于功夫不负有心人，我做到了。

"非常棒，约翰，"夏洛克笑着说，"你进步了。"

朋友的表扬鼓舞了我。比赛前的最后一天我以创纪录的速度在花园里奔跑。你们知道吗，奇怪的是我的肌肉已经不再像以前那样疼痛了。训练真见效了，这令人感到惊讶。我甚至开始想要赢得比赛了……

周日，我和福尔摩斯先生还有夏洛克一起出发去参加比赛。比赛的场地离皮克林不远，是在郊区一条平坦的乡间小路上。

我们按时到达了比赛现场，大部分的参赛者已经在那里等着了。绅士们注视着赛事举办方正用脚丈量出60米远近的距离。各式各样品种的狗或坐或躺，或溜达在各自的主人身边。

这儿有身形薄得像笔记本里的一页纸似的俄罗斯灵缇犬，有大型长腿大丹犬，有毛发蓬松的爱尔兰猎狼犬，有长着金鱼眼、面相忧郁的拳师犬，有体形修长、酷似腊肠的达克斯猎犬，有体态优雅的巧克力色的多伯曼犬，还有我们这边少见的尾巴像钩子一样的西伯利亚莱卡犬。我第一次见到这么多狗聚集在一起，但是一想到我生活的这个地方之后，再想想其实这也没什么好奇怪的。

比赛的准备工作进行得很快：已经画好了的起跑线上放置了许多狗笼子，裁判给左轮手枪装上了子弹，观众们退到了路边，狗狗们被分别安置在了笼子里。

根据抽签结果，第一轮为大型犬之间的比赛。它们坐在自己的笼子里，等待着比赛的开始。

裁判朝天空开了一枪后，笼子被同时打开，狗狗们立刻往终点冲去。

帅气的长腿大丹犬很快就落后了。猎狼犬超过了大丹犬，跑在了第一个，但它并没有领先太久。闪电般迅捷的俄罗斯灵缇犬将猎狼犬远远地甩在了身后。就在我认为它一定会赢的时候，第一名又变了。格雷伊猎犬赢得了比赛。这条精瘦的狗轻松地超过了对手，第一个冲过了终点线。

英国灵缇犬，也叫格雷伊猎犬，它是世界上跑得最快的狗。这个品种的狗能展现出惊人的速度。而我只是一只小狗，说实话，我的腿很短。以我的体形来说，只有疯子才会指望着我取得胜利。我为什么要来这里？我来这里做什么？在家里待着不是更好吗？……

但现在退缩已经晚了，我走向了起跑线。

第二轮参赛的正是我这种体形的狗。夏洛克把我放到起点处的笼子里，他祝我好运后，便向终点走去。我的笼子左边是一只懒洋洋的突眼拳师犬，右边是一只不停地摇着尾巴的西伯利亚莱卡犬。比赛开始前我的心猛烈地跳动着。我又紧张又害怕，简直坐立难安。

当枪声响起，笼子被打开后，我本能地冲了出去。我一口气跑完了 60 米，冲到了终点。我超过了拳师犬、莱卡犬还有其他所有的参赛犬。我不知道自己是怎么做到的，但这就是事实——我获胜了。

夏洛克在终点处把我抱了起来，向上抛，然后又接住我在原地转圈。这一刻我们俩都非常幸福。夏洛克忘记了礼仪，大声地笑着，我也开心得尖叫了起来。

"你是冠军，约翰！你太棒了！"夏洛克高兴地说，"你跑得最快！我好喜欢你啊！"

那些绅士们用责备的眼神看着夏洛克，但并没有人过来批评他。我想他们应该都觉得我的胜利是偶然的。说实在的，我自己也很惊讶。我没想到自己能跑那么快。

但现在高兴还为时过早。赢了一场过渡赛不算什么——谁能赢得决赛才是最重要的……

接下来参赛的是小型犬。我没看这场比赛。我猜是达克斯犬赢了，不过我也不太确定。

但第四场比赛我全程都看了。参加这轮比赛的是体形比我稍大些的狗,第一个到达终点的是一只叫乔伊的幼犬,它在起点处心不在焉的,却在终点处取得了胜利。

最后一场冠军赛终于来临了。在前面几轮比赛中获得第一名和第二名的幸运儿们被分别安置在了笼子里。决胜时刻到来了!

我的笼子在格雷伊猎犬和俄罗斯灵缇犬之间。赛前的紧张感再次向我袭来,你们想象不到我有多么紧张!等着比赛开始的时候,我差点没疯掉。

枪声终于响了,笼子被打开后,我像颗子弹一样冲了出去,似乎有一股力量在带着我往前飞奔。

我领先了几秒钟,之后就被大型犬反超了。我每跑一步,离前几名的距离就更远一些。我尽力了,我绝望地迈着腿,但是和格雷伊猎犬之间的距离依旧每秒都在扩大……我无能为力了,失败在所难免……

突然奇迹出现了——灌木丛里蹿出来了一只猫!小猫刚好在跑得最快的那几条狗面前蹿出来。那些狗瞬间就把比赛抛在了脑后,跑去追猫了。它们跑出了赛道,为我腾出了通往终点的路。

坦白说,我也很想去追猫,但我忍住了。我在令人自豪的孤独中冲过了终点线,之后我就失去意识,一头栽在了地上。

就这样,我成了冠军。皮克林第一届赛狗比赛的第一个冠军就此诞生了。为此,我要好好感谢那只猫以及我的教练夏洛克,还有为我颁发金色冠军奖章的绅士们。

  整个故事就是这样的。我再补充一下,那只猫没有受到折磨。它爬到了树上,俯瞰着那些叫得嘶哑的大狗。由此我大胆地得出了一个结论:我们中型犬比大型犬更聪明,或者说,在关键时刻我们中型犬更机灵。

骗人的读心术

每年秋天，皮克林会举办一个贸易集市，大家可以在集市上出售或购买任何东西。人们从四面八方赶来这座城市，大街上人潮涌动，热闹非凡。每个摊贩都在吆喝着，夸赞着自己独特的产品。在集市上大家可以玩得开心，不但可以观看到马戏团、街头艺人的表演，还可以欣赏到民间的传统音乐。当然了，在集市上更有很多美味的食物，足够大家吃饱喝足。

福尔摩斯一家通常在大清早就去赶集。汤姆驾着马车，我们所有人都坐了进去，除了阿加塔奶奶——她留下来守家。她的职责就是为我们关闭身后的大门，以及在我们回来之前准备好晚餐。

和往常一样，福尔摩斯一家是最早去赶集的家庭之一。但是今年，在去往城里的路上，发生了一件意料之外的事情——马具断裂了，我们被困在路中间。从马车上下来之后，老汤姆开始了维修工作。

汤姆修好马具后，我们开足马力奔赴城里。很快，我们眼前就出现了一个千姿百态、五花八门,什么都有的集市广场。

遗憾的是,我们来迟了,没赶上街头艺人的表演,但是我们看到了苏格兰人吹风笛的演出。我不喜欢风笛,它发出的声音就像是狂风在呼啸一样,不过我喜欢这些音乐家,尤其喜欢他们的格子裙。

之后一家人就分头行动了:福尔摩斯太太和女佣凯特去看新衣服,而我们男人则涌入了集市的人群中。我和福尔摩斯先生还有夏洛克在货摊前挤来挤去,大约走了有半个小时。我看着无数人类的脚在我眼前走来走去,眼睛都看花了。集市上的噪声吵得我耳朵疼,阵阵气味也让我头脑昏沉。我努力跟上夏洛克的步伐,希望可以尽快脱离人群,前往一个开阔的地方。

当人流把我们推挤到集市的边缘时,我松了一口气。最后几排货摊上的人很少。这里卖的都是一些没有价值的东西,例如碎了的餐具和生锈了的铁钉。来这儿的人希望可以在一堆破铜烂铁中找到一些家里能用的东西。

环顾四周,夏洛克朝一个站着的摊贩走去。夏洛克对摊贩面前堆积如山的旧书很感兴趣。福尔摩斯先生也跟着夏洛克一起来到了这个货摊跟前。

"沃尔特·斯科特的书多少钱?"福尔摩斯先生用手指指着一本相当破烂的书问道。

"我不卖书。"摊贩回答说。

"那您为什么站在这里呢?"老福尔摩斯很生气地问。

"我能猜中人们的想法。"

"您是变戏法的吗？"夏洛克问。

"不是，我从事的是魔术这一行业。我在魔术师之都布拉格学习了魔术艺术。只要1便士，我就能猜中你的想法。要试试吗？"

我不喜欢这个自称是魔术师的人。他有些邋遢，脸上胡子没有刮。此外，他的右眼是斜的。

"我可以试试吗？"令人意外的是，福尔摩斯先生自愿想要试一试。

"当然可以，先生。"魔术师笑了，"请您从书架上任意挑选一本书。"

福尔摩斯先生看了看成排的书籍。书并不多：查尔斯·狄更斯的《雾都孤儿》、玛丽·雪莱的《弗兰肯斯坦——现代普罗米修斯的故事》、沃尔特·斯科特的《艾凡赫》和汉斯·克里斯蒂安·安徒生的童话集。

"我选择安徒生。"福尔摩斯先生说。

"很好的选择，先生。"

魔术师从口袋里拿出一条手帕，他用手帕把自己的眼睛给蒙上了。

"为了让您不对我的艺术产生怀疑，我会蒙着眼睛去猜测您的想法。"

魔术师用手摸着找到了安徒生童话集之后,把它拿在了手里。

"现在我开始翻页,您说停我就停。"

魔术师慢慢地翻着书页,沙沙作响。

"好了,停!"老福尔摩斯急忙喊道。

魔术师的手停住了动作,打开了书本的中间位置。

"请您看一眼页面上的第一个单词,"魔术师说道,"您要记住这个词,并且在心里重复默念一遍。"

福尔摩斯先生眯着眼睛,完成了指令。

魔术师合上书,伸出手,用手指小心翼翼地碰了碰福尔摩斯先生的肩膀。经过一番思考后,他说:

"您记住的是'公主'这个词……我猜对了吗?"

福尔摩斯先生困惑地眨了眨眼。

"是的,这一页上的第一个单词就是'公主'!您是如何读懂我的思想的?"

魔术师把手帕拿下来,笑了笑说:

"请结账,先生。按照约定,您需要支付1便士。如果您想让我再次猜测您的想法，那么需要支付更多。"

福尔摩斯先生把口袋里的 1 便士硬币给了魔术师。

"第二次尝试要花多少钱？"老福尔摩斯问。

"不贵的，先生。只要 3 先令[①]。"

福尔摩斯先生把手伸进口袋里去掏钱。

"爸爸，住手！"夏洛克拉住父亲的手，"你上当了，爸爸！"

夏洛克从货摊上抓起一本狄更斯的书，然后猛地把书打开。书页中间放着一枚小小的硬币，用来当作"书签"。

"这不是魔术，爸爸！这是最简单的把戏！"夏洛克说，"这个人记住了其中一页纸上的第一个单词，然后在这页纸上放了一枚硬币代替书签。当您叫停的时候，硬币可以把书翻到他所需要的位置。这个人把硬币藏在手心里，然后说出你记住的那个单词！"

福尔摩斯先生严肃地皱了皱眉。他试图抓住这个骗子，但这个人动作更迅速。他意识到自己露馅了之后，立即逃跑了。我本想去追他的，但已经晚了。一秒钟后，他已经消失在了人群中……

"你是怎么猜到我在被他牵着鼻子走的呢？"福尔摩斯先生仍然感到很愤慨，他问儿子道。

[①] 1 先令等于 12 便士。

"我注意到了他用手掌盖住了硬币,我就立马知道了这个把戏是怎么一回事。"

"你能帮我个忙吗,夏洛克?"

"当然可以,爸爸。"

"你别把这件事告诉你妈妈,好吗?"

"好的,爸爸。"

夏洛克信守了诺言。福尔摩斯太太永远都不会知道她那看似严肃的丈夫曾经有过如此可笑的经历。

我们在集市上又徘徊了一会儿,天渐渐黑了下去,我们找到了汤姆之后,就坐着马车回家了。天彻底变黑之前,我们回到了庄园。他们卸下了福尔摩斯太太的战利品,用完晚餐后,就各自进了房间。

我朋友身边发生的另一个启发性的故事就到此结束了。这个故事的启迪在于:不能轻易相信陌生人。只能信任那些你们绝对信任的人。同时,也请你们远离各种骗子。照顾好自己!

乞丐王

你们是否曾想过偶然事件在我们的生活中起了什么作用？我经常思考这件事，我得出的结论是，这个世界上的所有事物都遵循一定的规律。正如小偷迟早会入狱那样。恶有恶报，善有善报，这是不可避免的。快乐和悲伤也是交替上演的。我打算要告诉你们的正是一些惊人的偶然事件。

第一章　掉下火车的我们

10月末的时候，福尔摩斯一家决定去探望他们在利物浦市的亲戚。一切都安排好了，首先，我们要坐一段路的火车。

我喜欢热闹的车站、扑哧扑哧喷气的蒸汽机车、一连串的火车车厢、铁轨和枕木。我还喜欢听车轮的撞击声，喜欢看窗外的美景急速向后退去。即将去旅行的消息使我感到非常高兴，我焦急地计算着离出发的日子还有几天。

11月初的时候,老汤姆把行李打包好,装进马车,我们一行人浩浩荡荡地朝车站驶去。一路上,我趴在夏洛克的膝盖上烦躁不安,总是担心我们会迟到。然而我的担心是多余的,我们在火车出发前一个小时就到达了车站。

我们把行李箱交给搬运工之后,就往车厢走去了。福尔摩斯先生没有吝啬钱,他出手阔绰,买了设备齐全的独立包厢票。把行李箱放到架子上后,我们走上了月台,以便在远途旅行前活动活动肢体。

不得不说,站台上特别冷。天色从一大早就开始阴沉沉的,强劲的西风刺骨般寒冷。在月台上稍稍待了一会儿之后,我们就回到了温暖舒适的车厢里。

终于,火车头发出鸣笛声,火车开动了。我在窗户旁边找了个位置坐下来,聚精会神地看着窗外掠过的每一棵小树、房屋还有灌木丛。这一家子人也都在各忙各的:夏洛克在笔记本上写东西,福尔摩斯太太在读一本厚厚的书,福尔摩斯先生则懒洋洋地翻阅着报纸,时而眯上眼睛小睡一会儿。

一个小时后,窗外的天空开始变暗了。夜幕降临,乘务员在车厢里点燃了蜡烛。我打了个哈欠,躺在夏洛克的脚边,打算打个盹儿。但是我一闭上眼睛,火车就停了下来。

火车一停,福尔摩斯先生也醒了过来。他放下报纸问儿子:"夏洛克，你去找乘务员问问，我们为什么停了下来。"

"好的，爸爸。"夏洛克回答完，像颗子弹一样跑出了包厢。

我跟在夏洛克后面一起跑了出去。我也很想知道火车为什么停了下来。

我和夏洛克跑到了车厢的尽头，我们在乘务员车厢的门口停住了。夏洛克敲了敲门，但是没人回应。他再次敲了敲门——回答他的是一片寂静。于是他打开门，朝里面看了看。

"乘务员不在，"夏洛克说，"我们去找他吧。"

我同意了，我们先去了通道口。

"看，约翰，车厢门是开着的。"

的确，门没有锁。夏洛克打开门，向外探出身子。我朝他跑去，这一刻发生了一件我无论如何也意料不到的事情。火车开动了，夏洛克失去了平衡，他不小心把我从敞开的车厢门里挤了出去。

我在空中扑腾了一秒钟，然后痛苦地撞在了铁路路堤上，最后倒栽着滚到了铁路边坡下。当我设法站了起来的时候，我看到的第一眼是开走的火车以及车厢门口惊恐的男孩。

我的心很痛——夏洛克难道真的抛下我一个人了吗？幸运的是，这种情况并没有发生。夏洛克犹豫了一下之后，灵活地跳上了铁路路堤。火车轰隆隆地驶过我们身边，消失在了地平线后面，我们两个被留在了阴沉沉的天空之下。

第二章　寻找道路的我们

掉下火车后，我们陷入了困境。没有任何一个乘客看到我们从火车上掉了下来——这就是问题所在。我们还想知道夏洛克的父母发现儿子失踪后会怎么样。

"我觉得爸爸妈妈会在最近的车站下车去找我们的，"夏洛克分享了他的想法，"他们会雇辆马车，沿着铁轨往回走。我希望爸爸能弄清楚我们发生了什么事。"

夏洛克环顾了四周。周围只有一片广阔的田野。铁轨横贯田野，整齐地铺在枕木上。风儿吹过田野，顿时乌云密布。

"我们应该迎着我父母的方向走，"夏洛克背风说道，"这附近应该会有一条行车道。我们得找到它,约翰。"

夏洛克跨过铁轨,从路堤上走了下去。我跟在他后面。这时有几滴雨落在了我们身上,然后开始倾注而下。

第三章　差点死掉的我们

这条路把我们带到了城市的郊区。我们沿着有缺口的栅栏,穿过破败的建筑物,来到了一幢不起眼的房子跟前。这幢房子的二楼窗户里亮着灯。

房子又大又旧,台阶摇摇欲坠,屋顶会漏水,窗户也长时间没有擦过了。我们沿着吱呀作响的台阶往上走,最终停在了大门口。在进门之前,夏洛克将了将他的湿发,我也跟着抖了抖身上的雨水。

说实话，我们看上去很狼狈，尤其是夏洛克。他像个小流浪汉一样，和那些在道路上蹒跚而行的乞讨者相差无几。

夏洛克推开门，走进了屋子，我们发现自己在一个宽敞昏暗的大厅里。环顾四周，我们很快意识到自己进入了一个乞丐窝。在晃动的桌子旁坐着很多衣衫褴褛的人，他们有的在打牌，有的在抽烟，有的躺在光秃秃的地板上睡觉，有的闲来无事在四处走动……放眼望去，到处都是乞丐，看得我们眼花缭乱。

意识到我们在这里是外人之后，夏洛克退到了门口，但是一声粗野的呵斥阻止了他："你想要干什么，小家伙？"

"我们在找一个可以过夜的地方，"夏洛克回答说。问话的是一个瘦高个子的光头老人，他的头就像是颗台球一样。

"你有钱付过夜费吗？"

"没有，先生。"

"趁我没揍你之前，赶紧从这里滚出去！"

夏洛克朝门口走去，但退路被截断了。一个只有一条腿的残疾人拄着拐杖站在我们和门中间。

"别急着走啊，"残疾人用没有牙齿的嘴含混不清地说，"小家伙，如果你不想被我用拐杖打的话，就把你口袋里的钱交出来。"

"我没有钱！"夏洛克不知所措。

"没钱的话，就把你的外套和鞋子脱下来。"

我朝那个只有一条腿的人咆哮，但他并不害怕，反而狠狠地用拐杖揍了我的头。

"管好你的狗！"只有一条腿的人大声说道，"别惹我生气，趁你们的肋骨还没被打断之前，按我说的去做……"

我们现在真是叫天天不应，叫地地不灵。

"放了他。"黑暗中传来一个人的声音。

我眯着眼睛环顾四周，看到了一个衣着考究的绅士，他独自坐在角落里的一张桌子旁。这是一个高大英俊的男人，他头发梳得整齐，穿着整洁的西装，打着颜色鲜艳的领带，穿着整洁的鞋子，在整个背景下，他看起来就像个花花公子一样。

"到我这儿来，小家伙，"这位绅士咧着嘴，微笑着邀请夏洛克，"勇敢一点，不要害怕，我不会吃了你的。"

瘸子仍然站在门口，我们则去了"救世主"所在的桌子旁。

"坐吧，小家伙，陪陪我。"

"谢谢您，先生。"夏洛克挪了挪椅子，回答说。

"你饿吗？"

"饿，先生。"夏洛克不好意思地点了点头。

"喂！给小家伙拿点儿吃的来！别忘了给狗拿根骨头！"这位绅士打了个响指，很快就有人给夏洛克拿来了肉，给我拿来了美味的骨头。

我一下子就啃完了骨头。吃饱之后，我躺了下来并竖起耳朵，聆听着坐在桌旁的人类的谈话。

"年轻人，你叫什么名字？"

"夏洛克。"

"你流浪很久了吗？"

"不是，并不久。"

"我听到你说想要找个过夜的地方？"

"是的，先生。"

"这个我会为你安排的，不用担心。"

"您真是个好人，先生。"

"我发现你很有礼貌！"

"我可以问个问题吗？"

"问吧。"

"您是谁？"

"我是这里的'国王'。这里的乞丐都归我管。"

"先生，我该如何称呼您呢？"

"人们叫我詹姆斯·菲利莫尔。"

"很高兴认识您，先生。"

餐桌上的谈话仍在继续，但我已经不想再听了。我费尽脑汁，努力回忆自己在何时何地曾听到过这位乞丐王的姓氏。我记不住别人的名字和姓氏。特别是陌生人的姓氏，我更记不住。

我想得脑壳疼，索性就不想了。趁着人类还在交谈时，我决定睡上一觉。我蜷缩成一团，闭上眼睛，很快就睡着了。

第四章 落入圈套的我们

早上醒来的时候，我发现自己在一个陌生的房间里。房间小得像个小储藏室一样，地板上有一个脏兮兮的床垫，唯一的窗户被人用木板封死了。环顾四周，我看到了夏洛克。他坐在地板上，靠在门旁边的墙上。

"我们被困住了,约翰,"夏洛克说,"门被锁住了,我们无法离开这里。"

我走向夏洛克,把鼻子埋入他的膝盖。夏洛克拍了拍我的脖子。

"昨天,我听到乞丐王名字的时候,差点没忍住。你呢,约翰?你知道救我们的人是谁吗?"

我摇了摇头。

"约翰,你可不能这么粗心大意啊。集中精神回忆一下,你应该听过他的名字。"我左思右想,终于想起来了!

当然了!我怎么能忘记这个名字呢!他就是那个让他的债主走遍了全世界的大骗子!他就是那个欺骗了斯宾塞先生的老滑头!他是个诡计多端的大坏蛋、小偷、强盗、大恶棍……

钥匙在锁眼里转了一下。生锈的铰链吱呀作响,门开了,一个令我极其讨厌的人出现在了门口。

"早上好。"菲利莫尔先生微笑着说道,"你们睡得好吗?"

"很好,先生。谢谢您。"夏洛克回答。

"太棒了!现在我们来算算账吧。昨天的晚餐是3先令。再加上1先令的过夜费,总共是4先令。"

"对不起，先生，我身边没有钱。"夏洛克耸了耸肩。

"啊，真可惜。"乞丐王叹了口气，"但是这个问题是可以解决的！如果你答应帮我做一件事的话，我就不要你的钱了。"

"先生，您需要我做什么？"

"说实话，这项任务对你来说轻而易举。花不了你 5 分钟的时间。我敢肯定，你可以应付得来。怎么样，小家伙？你同意吗？"

"那你会放我们走吗？"

"你做完这件事之后，想去哪儿就去哪儿。"

"好的先生。"

"所以，你是同意了吗？"

"是的先生。"

"那你跟我来吧，小家伙。别忘了带上你的狗……"

离开了狭窄的房间后，我们穿过了狭窄的走廊，沿着吱呀作响的楼梯台阶走了下去，我们走过大厅，跨过还在沉睡的乞丐们的身体，最后来到了大街上。门口有一辆套着四匹枣红色大马的马车在等着我们。

"上车。"乞丐王吩咐道，"我们去附近的城镇。"

他对车夫小声地说了什么，马车就出发了。

"先生，我们要去哪里？"夏洛克问。

"不要急，等到了你就知道了。"乞丐王回答说。

第五章　抢银行的我们

我们沿着这条轧坏了的路行驶了一整天。途中换了三次马，只停下来休息了一次，匆匆吃了个饭。

漫长的路途让我感到筋疲力尽。我躺在夏洛克的膝盖上，不安地环顾四周，我想知道我的朋友究竟要完成什么工作。当夜晚降临，星星也开始在夜空中闪烁时，我意识到，我们来到了自己的故乡。这条路把我们带到了位于皮克林郊区的一座小山上，山顶矗立着一座城堡。车夫拉住缰绳，勒住马，转过身来，尖声说道："我们到了，老大。"

我们照着乞丐王的吩咐，离开了令人生厌的马车。下了车后，我们耐心地等待着下一步的指令，顺便活动活动僵硬了的腿脚。

而这个时候，乞丐王在和车夫小声地说着话，他和车夫握了握手，道了个别。车夫离开后，乞丐王走向我们说："接下来的路我们要自己走。你要全程都跟着我，不要出声，躲在阴影下走。明白了吗？那我们走吧……"

我们上路了。每走一步，我们就离城市越来越近。熟悉的街道轮廓从黑暗中浮现了出来。屋顶上的烟囱里升起袅袅炊烟。鲜红的太阳慢慢没入地平线，给夜晚的月亮腾出了位置。

不得不说，才过了一晚上，天气就转晴了。风渐渐停息了，乌云也散开了，地上也不像昨天那样冒寒气了，水坑也差不多快干了。但不知道为什么，这一切都让人高兴不起来。对朋友的担心持续困扰着我。

我们悄悄地走到城市郊区，停了片刻后，我们拐进了一条狭窄的小巷里。篱笆后面传来了一阵狗叫声，但又很快就安静了。我们走上街道后，加快了脚步，尽量远离还亮着灯的窗户。我们穿过这条街，走到马路的另一边，走进了两座建筑之间的空隙。我们在那儿待了一分钟，听了听声音，然后继续绕着错综复杂的城市迷宫打转。

很快我就意识到了我们在往市中心走去。我们绕着道儿走，绕开了可能会碰到人的地方。我们按照预先的计划绕着城市走来走去，一会儿躲在树荫下，一会儿走在偏僻的地方。

很难说我们花了多长时间才走到了市中心广场，我们最终停在了一幢红砖的大别墅跟前。它是这座城市里最古老的建筑之一。里面有一个市立银行。

乞丐王转过身，蛊惑夏洛克说："该工作了，小家伙。你看到那个地下室的小窗户了吗？你的任务就是爬窗进到银行大楼中。进入内部后，你走到阁楼，把天窗打开。在此之前我会爬上屋顶。你不用害怕警察会来。昨晚我已经通知了这里的乞丐们，他们会分散警察的注意力。你都明白了吗？"

夏洛克点了点头，一句话也不说就朝银行大楼走去。而我则留了下来，我想看看我们的"引路人"是如何爬上屋顶的。这种场面可不能错过啊。

当夏洛克努力地往地下室狭窄的窗户里爬时，乞丐王像只猴子一样灵活地沿着建筑物的排水管往上爬。他手脚并用，轻松地到达了屋顶，之后就消失在了我的视野里。

不得不承认，乞丐王身手敏捷、动作麻利。我急忙跑到地下室的窗户跟前。这扇窗户即使对我来说也是十分狭窄的，但是不知道夏洛克用了什么神奇的办法，他居然爬了进去，这意味着我也能进得去。我眯着眼，往下一跳。

地下室里又暗又潮，里面还有很多垃圾。我时不时地会碰上一些破烂玩意儿，我沿着通往一楼大门的路一直走。在这里，我追上了夏洛克，和他一起爬上通往阁楼的楼梯。

到达阁楼后,我们立马看到了一个圆形天窗。它从内部插上了插销。夏洛克拨开插销,天窗打开了。

乞丐王从天窗进入了阁楼。他看起来喜气洋洋,对夏洛克完成的任务感到很满意。

"做得好!"他拍了拍夏洛克的肩膀,"但是任务还没有结束。"

我们和乞丐王一起去了一楼。银行的工作人员们白天就是在这里工作的。

"这里就是神秘之门。"乞丐王自信地走到墙上的一扇铁门跟前,"你知道这扇门后面有什么东西吗?它后面藏了很多钱。这些钱够你花一辈子了。"

透过窗子照射进来的月光,足以让我们清楚地观察到保险室大门的设计。在铁锁的表面上钻有4个孔,每个孔下面都有一个齿轮。当齿轮转动的时候,孔里会出现数字。

乞丐王开始旋转齿轮,转动孔中的数字。显然,他已经提前知道了正确的组合。他迅速转动好所需的数字序列,只听保险锁发出咔嚓一声,铁门就开了。

"钱!"乞丐王激动地叫道,然后走进了保险室。

他跪了下来,开始把成捆的钞票塞进口袋,口袋很快就满了,但他还是觉得少。他匍匐在地板上,拿起钞票往怀里塞。他的手颤抖个不停,脸上也布满了笑容。他没有注意我们,这是他最大的致命错误。

夏洛克悄悄地走出保险室大门,然后砰的一声把门关上了。

铁门关闭后,夏洛克立马转动齿轮,改变了孔中数字的位置。保险室的锁咔嗒一声被锁上了,贪婪的乞丐王和钱一起被关在了保险室里。

"乞丐王被抓了!"夏洛克大声欢呼,"我们赢了,约翰!"

被锁住后,我们的俘虏愤怒了。他开始用拳头敲打铁门,并让我们立即放了他。乞丐王一会儿骂夏洛克,一会儿想说服他,一会儿又开始威胁他,但夏洛克并没有搭理乞丐王。

"我们去报警吧,约翰,"夏洛克说,"坏人被锁起来了。这扇门很坚固,他是逃不了的。他给人民造成了很多伤害,他必须为自己的所有罪行负责。"

是的,我们赢了!偶然的一件事再加上夏洛克的聪明伶俐把乞丐王锁进了保险室里。乞丐王一直待在保险室里,直到警察赶来。

我们把乞丐王锁在银行保险室里的故事被发表在了报纸上。这家银行的持有者为了表示感谢,向夏洛克开具了一张巨额的支票。这笔感谢金派上了用场——福尔摩斯先生用它支付了夏洛克即将要去的剑桥大学的学费。我的朋友要离开了,留下我独自一人。

没有夏洛克在身边,我感到很难过。幸运的是,我想与你们分享的这些故事仍然活跃在我的脑海中。我和夏洛克一起经历了许多冒险。有一些我清楚地记得，但有一些我已经忘记了。也许有一天我又记起来了，到时候我再告诉你们其他的故事吧。

代替结尾

这本书就到此结束了，别难过！有机会的话，我一定会再跟你们讲一些我朋友夏洛克·福尔摩斯经历的新的冒险故事。我相信迟早会有这么一天的。而现在，我要向我亲爱的读者们说一声再见了。珍重，期待下一次见面！